Le peignoir

J'ai de mauvaises nouvelles pour vous (2001)
Nouvelles d'autres mères (2003)
Mises à mort (2007)
Dans sa bulle (2010)
Humains aigres-doux (2004 / réédition : 2012)

Suzanne Myre

Le peignoir

NOUVELLES

ÉDITIONS
MARCHAND
DE FEUILLES

Marchand de feuilles
C.P. 4, Succursale Place D'Armes
Montréal, Québec
H2Y 3E9
Canada
www.marchanddefeuilles.com

Mise en pages : Roger Des Roches
Révision : Annie Pronovost
Graphisme : Sarah Scott
Illustration de la couverture : *Lucky Paper Dolls* (1951)

Diffusion : Hachette Canada
Distribution : Socadis

Les Éditions Marchand de feuilles remercient le Conseil des Arts du
Canada ainsi que la Sodec pour leur soutien financier.

 **Conseil des Arts
du Canada**   **Canada Council
for the Arts**   *Société
de développement
des entreprises
culturelles*
Québec ✚✚

Catalogage avant publication de Bibliothèque et Archives Canada

Myre, Suzanne, 1961-

Le peignoir

Éd. originale : 2005.

ISBN 978-2-923896-08-3

I. Titre.

PS8576.Y75P44 2012   C843'.6   C2011-942895-4
PS9576.Y75P44 2012

Nom d'une Bobinette a été écrit avec un sentiment de bonheur. J'y fais revivre une portion de mon enfance dont je me rappelle bien, car j'ai à vrai dire peu de souvenirs vivants de cette lointaine époque. Bobino symbolisait pour moi une sorte de papa par procuration, une présence masculine sur laquelle je pouvais compter tous les jours à 16 h pile dans mon salon. Il savait s'occuper d'une fillette. Aussi turbulente soit-elle, malgré tous les tours pendables qu'elle lui jouait, il ne l'abandonnait pas. Il restait, lui, contrairement à mon père. Il nous amusait en nous présentant des dessins animés, il nous parlait en nous regardant dans les yeux, avec un timbre de voix adulte, et non comme si nous étions des demeurés. Chose certaine, ces 30 minutes représentaient une assise pour moi, petite fille à demi orpheline des années 1960, elles étaient un espace-temps où je pouvais n'être que cela, une enfant. Qui plus est: une enfant émerveillée. Après l'école, avant la vaisselle à laver, les surfaces à épousseter, le linge à plier et les devoirs scolaires

7

auxquels je ne pouvais pas me soustraire, j'avais le droit à ce temps de ravissement avec Bobino et son bourreau Bobinette, dont j'étais forcément jalouse, pas seulement à cause de sa relation privilégiée et freudienne avec Bobino, mais aussi pour sa grande beauté helvétique. Étais-je réellement entichée de Bobino ? Faisais-je un sérieux transfert, qui aurait ravi un psychanalyste, envers cet homme à la physionomie somme toute banale, coiffé d'un stupide chapeau melon ? Il est vrai en tous cas que, lors de sa visite au Centre d'achats Forest, je me suis comportée comme une amoureuse transie. Je n'arrive toutefois pas à me rappeler si vraiment j'ai pu l'approcher ni si j'ai eu son autographe. Il me semble que oui. Mais alors, où l'ai-je rangé ? Dans mon tiroir à fantasmes ? Ça sert à ça, écrire des histoires de style auto-fiction, nous faire croire qu'on a vécu ce qu'on n'a peut-être qu'espéré.

Gingembre salvateur est le résultat inspiré de ma rencontre avec un préposé à l'entretien ménager de l'hôpital où je travaille, qui fut par la suite mon amoureux pendant quelques années... Combien ? je ne saurais le dire. Cette donnée doit être enterrée avec celles qui concernent mon enfance oubliée, puisque le plus souvent, nous nous comportions comme des bébés lala.

Bien entendu, rien ne s'est passé comme dans l'histoire, la réalité est beaucoup moins romantique

que ce que j'y invente. Voilà d'ailleurs pourquoi je l'ai inventée: pour me convaincre que mes histoires personnelles sont extraordinaires! Ce qui est vrai en revanche, c'est que le gingembre est bien dans la liste des aphrodisiaques! Encore là, je n'en ai jamais fait l'expérience orgasmique. J'ai beau en manger en le faisant sauter avec des légumes au wok, en suçoter parfois un morceau cru, me laver les cheveux avec un shampoing aromatisé à ladite racine, cela ne me fait vivre aucune variation hor- monale qui vaut la peine d'être mentionnée. Celui qui a exploité cette idée farfelue devait être le plus grand cultivateur de gingembre au monde.

Après la première parution du recueil, une col- lègue qui finissait de lire cette nouvelle m'a demandé, amusée, si j'étais au courant qu'il existait bel et bien une archiviste du nom de Savoie au départe- ment des archives. Je ne le savais pas, j'avais choisi ce nom au hasard! Enfer et damnation! Le gingembre, à défaut de réveiller la bombe sexuelle en moi, pouvait-il servir d'anxiolytique? J'ai prié pour que la madame Savoie en question ne soit jamais infor- mée de mon existence ni de celle de ce livre. On ne fait pas péter impunément une dame distinguée. Voilà ce qu'il peut en coûter de mettre en scène son lieu de travail: des tonnes d'anxiété!

Le peignoir est une de mes *novellas* préférées. J'ai adoré l'écrire, je m'y sentais comme sur un terrain de jeu où tout est permis. Et je ne me suis pas gênée, au diable la bienséance ! Elle est inspirée d'une fin de semaine désastreuse passée au Spa Excelsior dans les Laurentides avec le préposé à l'entretien ménager dont je parle dans la nouvelle précédente. Les expériences frustrantes, décevantes ou conflictuelles sont pour moi riches en matière pour d'éventuelles histoires ! En fait, la plupart de mes nouvelles sont les rejetons positifs de ces moments négatifs. Présumons que, si chaque fois que j'ai vécu de la frustration, j'avais écrit pour l'expier au lieu de bougonner, vous auriez entre les mains un recueil de 375 pages, une brique suffisante pour assommer votre amoureux quand il vous fâche. Cela dit, cette longue nouvelle est pour moi comme un vent de folie, un blizzard dans lequel je me suis laissée emporter au-delà du nombre de pages raisonnablement attribué à la nouvelle. J'ai eu un plaisir fou à créer tous les personnages qui déambulent dans cet antre de la détente, ce lieu supposément paradisiaque où je faisais figure dissonante avec mon sens critique inapte à se mettre en veilleuse. Pendant deux jours, j'avais cherché des façons de m'intégrer, de m'immerger dans ce complexe faussement luxueux, et la seule chose que j'avais trouvé à faire pour m'occuper et me relaxer était de repérer des objets à voler. Inutile de dire que je suis revenue chez moi plus tendue qu'avant mon séjour.

Conseil : n'y allez pas, au spa mentionné, ou plutôt oui, allez-y, et rapportez-moi une robe de chambre, s'il vous plaît. Car dans la vraie vie, je suis rentrée les mains vides.

Je le dis haut et fort : je suis une amoureuse de la nature. J'aime penser que si je vivais à la campagne, je serais une personne beaucoup plus équilibrée. J'aurais plusieurs animaux, pour me donner l'impression que j'ai des enfants à élever, en moins fatigants. Une petite chèvre qui répondrait à son nom et viendrait vers moi en batifolant et en bêlant joliment. Un chat d'apparence modeste, tigré, juste un, nous aurions une relation très étroite, lui et moi, symbiotique, à la limite du pathos. Il y aurait aussi un chien sans race à la bouille très sympathique et aux pattes courtes, qui adorerait le chat et me tiendrait lieu de compagnie masculine, dans le cas où je serais célibataire. Sinon, il serait en féroce compétition avec l'autre mâle à deux jambes. Une poule et un âne. La poule me donnerait un œuf frais tous les matins, bien que j'ignore s'il doit y avoir aussi un coq pour ce faire... Ça commence mal. L'âne, eh bien, il ferait ce que fait un âne, c'est-à-dire rien de spécial à part être tout beau des pattes au museau. Je me réveillerais au chant de trois moineaux bruns, trois, pas plus, trop de moineaux, ça équivaut au bruit d'un marteau-piqueur au creux de l'oreille. Je boirais mon café en admirant le lever du soleil au-dessus du mont Pinacle ou des Appalaches (je vois grand) et en marchant très zen dans mon potager, me réjouissant à la vue des zucchinis et des haricots qui auraient poussé pendant la nuit. Ah, quel bonheur! Et quelle illusion.

La campagne dont je parle dans *Le moustique erre* existe. Nous l'avons tous connue à un moment de notre vie, cet endroit verdoyant qu'on croyait à l'abri des bruits motorisés et des voisins insupportables. Ici, ce n'est pas seulement un moustique qui dérange l'héroïne, mais tout ce qu'on peut imaginer qui a pour résultat que campagne n'égale pas nécessairement paix et silence: il faut probablement attendre d'être mort pour pouvoir enfin les apprécier.

Encore une fois, oui, j'étais là. Lanaudière. C'était un dimanche ensoleillé, je m'étais installée dans le hamac sous les pins, puis le vacarme a débuté. Un tsunami assourdissant de sons provenant de mécanismes venus de l'enfer qui m'auraient fait apprécier d'être étendue sur une chaise longue aux abords de l'autoroute 40. Un premier bateau à moteur, puis un deuxième, tirant un skieur nautique et transportant ses trois fans en délire, un défilé de quatre-roues, une tondeuse, une rénovation de chalet avec tous les outils possibles en action. De l'autre côté du lac, certes, mais avec l'écho, cela sonnait comme si j'étais assise dans la poche à clous de l'ouvrier. Bref, vous savez bien... Oui, j'y étais. Voici mon témoignage de fille de la ville frustrée. Laissez-vous piquer par les maringouins de cette campagne abominable.

Durant la période d'écriture du *Peignoir*, je me suis fait mal au pied droit. Une douleur inexplicable m'emprisonnait l'arche du pied, causant des sensations lancinantes qui m'empêchaient de le poser au sol. J'ai toujours dit qu'il vaut mieux arriver dans le bureau du médecin avec une plaie ouverte et bien saignante qu'avec un mal qui ne se voit pas à l'œil nu. Les médecins sont désemparés devant un mal invisible, et on se sent en troisième année B quand vient le temps de trouver les mots adéquats pour décrire notre douleur. Le médecin m'a tout de même diagnostiqué une fasciite plantaire, c'est-à-dire une inflammation du fascia, le fascia étant l'enveloppe du muscle. Ce symptôme est apparu le lendemain d'une séance que j'avais faite pieds nus sur l'appareil elliptique appartenant au gars de *Gingembre salvateur*. Il avait mis *Dancing Queen* et je m'étais laissé emporter. Un conseil : ne faites pas d'exercice sans porter de souliers appropriés ni en écoutant *Abba*. Courir nu-pieds est aussi néfaste que de courir en talons hauts. Sachez aussi que la médecine douce ne l'est pas toujours. Elle est dure sur le portefeuille. Plusieurs traitements d'ostéopathie ont considérablement allégé le mien, tandis que la douleur augmentait. J'en ai déduit que je somatisais un mal interne et qu'aucun traitement n'y pouvait rien. Je ne voulais plus aller de l'avant, voilà tout, mes pieds me le disaient. J'y suis quand même allée. Pour écrire *Tendres tendons*.

La massothérapeute de la nouvelle portant le même nom existe vraiment. Presque. Pas tout à fait. Je suis allée pendant un temps voir une spécialiste en médecine ayurvédique. Cette charmante dame, pendant une demi-heure, laissait couler un fin filet d'huile de sésame bio tiédie sur un point précis de mon front. Imaginez la tête qu'on a ensuite, avec ce litre d'huile qui s'est déversé sur les cheveux, de la racine à la pointe. Cette médecine attestée par des siècles de pratique, adoptée par la suite par le beau monde hollywoodien qui en a fait une mode, est fantastique, à condition de s'y adonner régulièrement. Qu'étais-je prête à expérimenter pour améliorer la qualité de mon sommeil déficient, refroidir mon cerveau et réchauffer mes pieds? Peut-être que si j'ai les orteils toujours gelés, c'est que ma tête est en constante ébullition et que la chaleur ne descend pas jusqu'aux pieds? Je suppose que 5 pieds 6 pouces et quart, c'est toute une distance à parcourir pour un système de chauffage déficient. Enfin. Cette massothérapeute habitait un appartement qui m'intriguait à mort, à cause de la séparation qui le scindait en deux par un rideau léger mais parfaitement opaque qui m'empêchait, moi la belette, de voir ce qui se trouvait au-delà. Je l'avoue, j'ai tenté d'outrepasser la limite, un jour où la dame a été retenue au téléphone dans une autre pièce juste avant le début de mon traitement. Au moment où je touchais le tissu soyeux du rideau, que j'allais enfin voir ce qu'il y avait dans la pièce attenante, je l'ai entendue raccrocher. Représentez-vous une fille vêtue de ses sous-vêtements et de ses chaussettes qui court et bondit sur la table de massage, s'étend et fait la morte...

Il fallait que j'imagine cet espace que je ne verrai jamais. *La massothérapeute* est née de cette curiosité indomptable qui est la mienne.

Voilà donc *Le peignoir*, un recueil de six nouvelles qui vous permettront de visiter ma planète, ce monde où banalités et bizarreries de la vie quotidienne se marient et font bon ménage. Et c'est bien tant mieux. Franchement, je trouve parfois que la vie est beaucoup plus savoureuse par écrit qu'en vrai. Bonne lecture.

Suzanne Myre

Nom d'une Bobinette !

Lu dans le très sérieux *Canadian Pediatric Journal of Televisual Addiction* : la majorité des enfants francophones ayant grandi dans les années 1960 souffraient d'une maladie commune et incurable : la *Bobinomania*. J'étais là, je confirme : c'était la pâmoison, l'intoxication totale ! Dès que retentissait la cloche signalant la fin des classes, je traversais la cour d'école en courant, zigzagant entre les élèves qui s'échangeaient les *comics* des gommes Bazooka ou les réponses des examens. Ma petite jupe flottait comme des ailes d'ange autour de mes cuisses maigrelettes, je volais vers le téléviseur par crainte de louper une seule mesure du thème musical que j'adorais accompagner de « la la la » sur-aigus, au grand dam de mes frères. J'ai tant sprinté pour Bobino et Bobinette que j'ai développé de solides muscles fessiers dès mon plus jeune âge, contrairement à mon organe vocal, qui lui, n'a guère évolué, demeurant mystérieusement accroché à ces aigus intolérables à l'oreille humaine.

Je rêvais de mettre la main sur une poire à eau comme celle de Bobinette pour me venger au moins une fois par jour de mes frangins moqueurs. Elle possédait une audace que je lui enviais, alors que la timidité m'entourait d'un faux halo de pureté et m'obligeait à refouler mon penchant pour la violence. Je jubilais quand elle assénait des coups de cure-dents géant à Bobino, je l'encourageais à diriger sa poire à eau sur lui et à en projeter le contenu sur son élégant complet en tweed écossais, j'en redemandais! Elle était si mignonne et candide, avec son petit nez rond, ses longues tresses blondes et ses robes artisanales! Sous des semblants d'enfantine féminité se dissimulaient les prémisses d'une conscience féministe: le fait d'être une petite fille esseulée dans un monde d'homme à chapeau melon et à parapluie de fantaisie lui donnait le droit de se défendre au besoin. J'aurais voulu être comme elle, vivre dans cette jolie maison insondable, dont le contenu m'échappait mais me faisait rêvasser, et avoir un grand frère à agacer au lieu des deux qui m'asticotaient dans ma vraie vie.

J'ai dû refouler mon affection illicite pour Bobinette quand une amie à qui je m'étais confiée m'a demandé si j'étais lesbienne. À cette époque, ce mot renfermait une consonance épouvantable. En ce qui concerne le sens, je pense que je ne le connaissais même pas, mais à voir la figure de ma copine se contorsionner en le prononçant, j'ai compris qu'il était préférable de cacher mon engouement et de sauver rapidement les apparences. J'ai donc choisi de jeter mon dévolu sur un jeune premier pas vilain du tout, Pépinot, Bobino étant trop vieux pour que je m'implique sentimentalement avec lui. Capucine, la belle compagne d'allure tyrolienne de mon nouveau béguin, m'attirait et me rendait jalouse à la fois, mais en me rappelant la grimace de mon amie crachant le mot « lesbienne », j'ai consacré mes énergies à n'aimer que Pépinot et je n'ai plus parlé de mes amourettes à personne.

J'ai fini par m'enticher sérieusement de lui. Secrètement, bien entendu ; pas question d'aller clamer haut et fort que je craquais pour un garçon avec une tête en bille de bois. On m'aurait internée à Saint-Jean-de-Dieu, ce qui, en fin de compte, n'aurait pas été tellement différent que d'habiter la maison de ma mère, où tout le monde passait la moitié des fins de semaine à flâner en robe de chambre. Je ne pouvais pas me consacrer tranquillement à ma demi-heure de télévision matinale, le samedi matin, sans que mes frères simulent des évanouissements en couinant devant l'appareil, la main sur le cœur. Je ne voyais pas pourquoi ils me traitaient de folle, alors qu'eux n'en avaient que pour *Les Sentinelles de l'air*. Les mises en scène primitives qu'ils créaient en singeant leurs héros me mettaient hors de moi :

— Hé ! Scott !

— Qu'y a-t-il, Virgil?

— Bobinette ne porte pas de culotte! La planète est en danger!

Et ainsi de suite. Quels idiots! Pépinot, contrairement à ces sauveurs du monde désarticulés et trop grimés, avait le regard vif et brillant, la démarche alerte, le cheveu parfaitement échevelé et une intelligence à la fois émotive et intellectuelle. Je l'aurais épousé sans hésiter.

Je ne manquais aucun épisode de ses aventures. Pourtant, même si j'ai tant vibré pour Pépinot, mon attachement pour Bobino et sa pétillante petite sœur à laquelle je m'identifiais si fortement est demeuré indéfectible. Toujours fidèle à mes premières amours, je suis devenue hystérique lorsque j'ai appris que Bobino allait venir à Montréal-Nord pour signer des autographes, tout près de chez moi, au centre commercial Forest. Il m'en fallait un, ne serait-ce que pour damer le pion à mon injurieuse amie. J'ai entouré la date sur mon calendrier trois fois plutôt qu'une et je biffais toutes celles qui m'en séparaient, jour après jour. J'aurais adoré la visite de Pépinot, car je flottais à ce moment-là dans le firmament de mon idylle avec lui, mais je comprenais que le pauvre puisse difficilement manier un stylo. Un crayon de bois, tout au plus, encore que signer à la mine ne fasse pas propre et que les autographes auraient risqué de s'effacer, c'est entendu. J'espérais en tous les cas que Bobinette serait présente, pour lui demander où je pouvais me procurer une poire à eau du même modèle que la sienne ou bien pour la lui piquer.

Les jours passaient et s'étiraient en longueur telles des gommes Bazooka fondues sous la semelle. Télécino, l'assistant de Bobino, m'offrait comme d'habitude les meilleurs dessins animés, mais j'avais maintenant la tête à autre chose et je me la cassais copieusement. Le problème à résoudre était de taille : comment diable s'habiller pour l'Événement ? À la Marie Quat'Poches ? À la Fanfreluche ? Qu'est-ce qui plaisait à un homme comme Bobino ? Je ne possédais rien qui soit de mise pour une sortie aussi importante. J'ai supplié maman de me coudre une robe pour l'occasion, un modèle Bobinette grandeur nature par exemple, mais elle disait n'avoir rien d'une grande couturière, même si elle avait confectionné une garde-robe complète pour ma Barbie. Je ne voyais pas en quoi c'était plus compliqué de faire grand que de faire petit, mais il semblait que tel était le cas. J'allais devoir me contenter d'une robe psychédélique rayée dans des tons criards, une des maintes horreurs que notre pauvreté me forçait à revêtir. Mes grasses et généreuses voisines me faisaient don de leurs vêtements quand elles ne voulaient plus les porter ou qu'ils étaient passés de mode. Elles devaient trouver amusant de me voir ballotter dans leurs fringues décaties qui pendouillaient sur mon corps menu. Ma mère était toujours ravie à l'arrivée d'un nouveau paquet alors que moi, j'aurais encore préféré me vêtir d'une poche à patates du Nouveau-Brunswick.

Le jour B s'est pointé, un petit samedi *Alphabits* qui avait apparemment l'allure de tous les autres, si on se fiait à CKAC. Je mangeais mes céréales en écoutant caqueter les animateurs, mais pas un ne mentionnait l'Événement. Je n'en revenais pas. J'ai brossé mes dents une par une et demandé à maman si je pouvais me servir de son rouge à lèvres «Rouge grenade» et de son mascara «Charbon fatal», étant donné qu'il s'agissait d'un événement spécial aussi sérieux que l'Halloween. Elle a refusé en me rappelant gentiment le traumatisme vécu le 31 octobre précédent, alors que je m'étais fait traiter de «guédaille» par un petit zigoto déguisé en curé. J'ai toutefois appliqué quelques gouttes discrètes de «Muguet» de Coty derrière mes oreilles. Je voulais sentir bon pour Bobino.

Il faisait un soleil radieux, à la mesure de l'Événement. Maman marchait à pas de tortue comme quand elle va communier, prenant le temps de commenter avec satisfaction les pelouses tellement mal entretenues des voisins. Moi, stressée comme pas une, je la traînais par la main, le corps incliné à 30 degrés, mon nez frisant le trottoir, la suppliant d'accélérer. J'avais peur que Bobino parte sans m'avoir vue ou qu'il ne reste plus d'encre dans son stylo si j'étais à la queue de la file. Nous sommes arrivées avec une heure d'avance, il n'y avait pas un chat, mis à part quelques ouvriers maussades qui s'affairaient à construire un décor *bobinesque* à l'aide de cartons aux couleurs encore plus discordantes que celles de ma robe, une chose plus haute que large qui m'apparaissait légèrement branlante. J'étais contente d'être la première arrivée, même si cela impliquait de poireauter debout sans savoir quoi faire de mes membres. Deux des ouvriers me zieutaient, en s'attardant sur mes jambes dévoilées par la robe trop courte et trop large qui créait un effet parachute. Tarte ! Pourquoi avais-je choisi cet accoutrement ? Je tirais dessus toutes les deux minutes, mais cela n'avait pour conséquence que d'en déformer l'ourlet. Maman, fatiguée de m'entendre ronchonner, m'a abandonnée à mon sort en m'ordonnant de rester là tandis qu'elle irait fureter dans les quelques boutiques ouvertes. Je me sentais si mal dans mon affreux parachute à rayures ! J'ai réprimé mon envie de lui quémander sur-le-champ une nouvelle robe dans laquelle je ne ressemblerais pas à un gros bonbon fort, mais j'avais trop peur de perdre ma place si je cédais à ma névrose vestimentaire. Petit à petit, je me suis détendue en me convainquant que Bobino était un homme du monde n'ayant rien à voir avec les ouvriers de la construction qui se marraient à mes dépens.

Tranquillement, une file indienne d'admiratrices toutes bien léchées dans leurs petites robes modernes

a pris naissance derrière moi. L'excitation et le babil-
lage avaient atteint un niveau extrême lorsqu'une
voix sortie d'un pan de mur a fait taire toutes les
autres pour annoncer à grands roulements de tam-
bour l'arrivée de monsieur Bobino. J'ai pensé m'éva-
nouir, le collet de ma robe me serrait trop, j'avais
chaud et je venais de me rendre compte que j'avais
oublié d'apporter un carnet dans lequel lui faire
signer son nom.

J'ai refusé pendant des jours de me laver la main
gauche. Je dormais la patte en l'air de peur que
l'encre ne déteigne sur les draps. De toute ma vie,
cet autographe a été mon seul et unique tatouage.
Quelques années plus tard, j'ai appris avec chagrin
que le comédien incarnant l'idole de mon enfance
souffrait d'un mal étrange associé au dédoublement
de la personnalité. Bobino lui avait définitivement
collé à la peau, tellement qu'on a dû le faire soigner
dans une grande maison où les gens ne sont pas tout
à fait eux-mêmes et, croyez-moi, ce n'était pas dans
la maison de ma mère. Cette nouvelle m'a débobinée.
Tout le monde en riait, mais je n'ai pas trouvé cela
drôle. Je l'imaginais, triste et seul dans sa cellule,
coiffé de son chapeau melon défraîchi, espérant le
jet d'une poire à eau qui n'arrivait jamais.

Non, je n'ai même pas ri, foi de Bobinette.

Gingembre salvateur

« Tout est une question de perception. Par
exemple, toi, tu trouves que tu fleures bon
avec ton "Man of Passion", moi je trouve que la mouf-
fette te dame le pion. » C'est ce que j'ai dit à mon
copain hier, tandis que nous revenions des Cantons-
de-l'Est et qu'une franche et énergisante odeur de
sconse écrasé parvenait à nos narines. J'ai toujours
aimé cette senteur, ainsi que celle des étables.
« Compte-toi chanceux, c'est sûrement pour cela que
je peux supporter la tienne. » Je n'ai pas pu m'empêcher d'ajouter cette précision, vu l'œillade pati-
bulaire dont il m'avait gratifiée. C'est vrai, quoi, il
s'enduit de ce parfum ultra-chimique très tendance,
un produit qui descend tout droit de la lignée des
décapants à meubles. Si je ne pouvais pas endurer
le pire, je serais incapable de l'approcher sans un
treillis parfumé sur le nez. Il persiste à se vaporiser de cette buée douteuse tous les matins et j'ai
compris l'origine de cette habitude quand j'ai vu la
publicité pour le produit : un type moche, auquel il
manque visiblement quelques cellules grises, cause

l'évanouissement de toutes les belles filles qu'il croise tandis qu'il déambule nonchalamment dans les couloirs de ce qui ressemble à un magasin de meubles à rabais. Pour ma part, je pense qu'elles s'évanouissent parce qu'il pue et non parce qu'elles subissent un orgasme spontané à son passage, comme les actrices tentent de le démontrer à grand renfort d'effondrements de jupettes au ralenti agrémentés de soupirs énamourés à l'endroit du grand dadais.

J'ai cette chance et cette malchance de posséder un organe olfactif particulier, qui me permet de continuer à respirer là où tout le monde en est incapable. C'est commode, quand on travaille comme préposée aux bénéficiaires. Je change les couches des patients sans retenir mon souffle et je peux donc continuer à leur faire la conversation au lieu d'afficher un air dégoûté pendant que j'effectue cette tâche, ce qui me confère un succès que d'autres préposés n'ont pas. Quelques-uns d'entre eux portent même un masque, sans se rendre compte qu'il s'agit là d'une insulte à l'humain sur lequel ils s'activent. En portent-ils un lorsqu'ils vont aux toilettes le matin ? C'est possible.

Certaines personnes ne s'endurent pas elles-mêmes, mon copain le premier, ce qui accentue ma perplexité quant à la qualité de son odorat ; s'il doit vaporiser du *poush-poush* au citron dans la salle de toilettes lors de ce qu'il appelle sa « visite privée », comment peut-il supporter d'être enduit de

«Man of Passion»? Ce paradoxe me scie. Moi, je pète, et il est hors de question que je me retienne, que ce soit à cause du bruit par ailleurs fort cocasse que cela produit ou de l'arôme qui se dégage de ce petit courant d'air, aussi pestilentiel soit-il. L'odeur qui émane de mes fondements fait partie intrinsèque de moi et j'ai décidé un jour que j'aimais tout ce qui était moi, le pas beau comme le beau. Je ne suis pas parfaite et je m'accepte comme telle. Mon copain dit que je suis anormalement extrovertie, à me laisser ainsi péter, roter, éternuer à la va-comme-je-veux, que c'est tout sauf féminin et blablabla. Au contraire, je pense que ce sont les autres qui sont coincés. S'ils veulent se rendre malades à tout garder à l'intérieur, c'est leur affaire.

L'autre matin, nous nous sommes trouvés bloqués, moi et une dizaine d'employés, entre le cinquième et le sixième étage, dans l'ascenseur numéro trois, celui qui sert habituellement d'excuse pour les retards. Un de ces quatre satanés ascenseurs est en constante vérification, squatté en permanence par deux réparateurs qui sont plus occupés à draguer les filles en uniforme qu'à se soucier de l'objet réel de leur présence. Ils semblent être très excités par l'uniforme ou par ce qui se cache dessous; c'est pitoyable. Je les soupçonne de briser nos ascenseurs au lieu de les réparer, de manière à toujours avoir du boulot, ce qui les fait bien rire. Ces types rient de n'importe quoi. Ils ont bien ri aussi quand je me suis pris un choc en mettant mon doigt directement dans le trou laissé par l'absence du bouton de fermeture de la porte.

D'habitude, je prends l'escalier au pas de course pour m'éviter la cohue matinale, mais j'avais vu Steve entrer dans l'ascenseur numéro trois avec son seau et sa vadrouille et je m'étais ruée à l'intérieur sans réfléchir. Je ne le connaissais pas vraiment, il n'était sur mon unité de soins que depuis trois semaines, mais j'adorais le croiser et le voir laver le plancher avec un air appliqué, comme s'il y peignait avec sa vadrouille une œuvre abstraite au lieu de seulement le décrotter. Puis, en le regardant de plus près côté fesses, j'avais remarqué qu'il traînait dans la poche arrière de son pantalon un exemplaire de *L'Attrape-cœur* de Salinger. C'est mon livre préféré, j'en ai mémorisé des passages entiers. J'avais eu instinctivement envie de sentir Steve, de la même manière que j'aime sentir un livre avant de l'acheter.

Un de ces matins, alors qu'il essorait sa vadrouille près de l'étagère à serviettes, je m'étais approchée et j'avais fait mine de chercher une alèse dans la pile des draps. Je l'avais subtilement effleuré, en ayant l'air de ne pas faire exprès, bien qu'il m'ait fallu faire deux pas de travers pour le toucher. J'aurais pu croire que le léger étourdissement qui s'était ensuivi avait été provoqué par les effluves d'ammoniaque qui se dégageaient de son seau, mais j'étais trop près de lui pour qu'il s'agisse d'un élément extérieur à sa personne. Depuis, j'étais hantée par les émanations de cet homme. Mon cœur était attrapé, comme il l'est inévitablement par ces arômes qui me catapultent en un lieu trop inexploité de mon être, un lieu paisible où je ressens de la sécurité. Mais retournons dans l'ascenseur, cette cage d'odeurs prisonnières par excellence.

Il est remarquable de constater combien la majorité des employés dans les hôpitaux ont toujours l'air las, comme s'ils venaient de lire d'un trait leur sinistre convention collective. Pour ma part, je pense que c'est parce qu'ils ne respirent pas bien. Certes, l'air en milieu hospitalier n'est pas des plus raffinés; il est malsain même, compte tenu de la variété des odeurs délétères qu'on peut y rencontrer, particulièrement aux unités de soins. Le truc, c'est de happer une bouffée d'air frais en provenance de la première fenêtre ouverte qui se trouve sur notre chemin et d'en faire une bonne provision jusqu'à la prochaine. Steve, lui, arborait un sourire et deux yeux allumés avec une constance angélique, peu importe l'atmosphère ambiante.

J'essayais de capter son attention en me hissant au-dessus des têtes lorsqu'une petite détonation s'est fait entendre, oh! rien de très retentissant, mais suffisamment sonore pour réveiller les endormis et susciter l'intérêt général. L'anxiété causée par les pannes d'ascenseur doit provoquer chez les personnes nerveuses un stress si profond que là où normalement on se retient de péter, on pète. Le tableau valait le coup d'œil : 20 narines se sont plissées d'un commun mouvement et les 20 yeux surplombant ces narines ont commencé à se promener avec des expressions suspicieuses et mauvaises, dans un silence si profond qu'on aurait pu couper l'odeur au couteau et en remplir de petits pots de médicaments. Les regards ont d'abord effleuré la patiente en robe de chambre bleue accrochée à son poteau de soluté, dont la poche cachait mal un paquet de cigarettes, puis ils ont repéré le suspect numéro un : mon pauvre employé de l'entretien ménager. Les préposés à l'entretien, ces supposés sous-doués, sont toujours les premiers à être soupçonnés des pires sévices dans notre hôpital. Mais moi, je savais pertinemment que la coupable était madame Savoie, l'archiviste si distinguée dont le derrière est toujours coincé dans une jupe trop petite pour lui permettre de prendre sa pleine expansion.

Non seulement je peux laisser mes narines ouvertes dans un contexte rappelant un déversement d'égout, mais j'ai aussi un don pour déceler la provenance des odeurs. J'ai fait mon devoir. Il me fallait réhabiliter Steve, dont le fugitif parfum épicé parvenait miraculeusement à percer l'atmosphère nauséabonde pour venir caresser mes narines. J'ai organisé mes yeux dans leur version «je sais reconnaître une péteuse quand j'en sens une» et je les ai pointés sur madame Savoie jusqu'à ce que tous les regards se dirigent vers elle. Pour sa part, elle fixait les boutons de l'ascenseur et devait implorer le saint de la plus haute hiérarchie pour que l'appareil reprenne du service, tout en espérant que son «Eau de Lilas» de Coty étouffe rapidement les effluves de ses fondements. J'adore ces rares moments où mes capacités olfactives surnaturelles me transforment en justicière. Le premier soubresaut signalant que l'ascenseur était ressuscité a été accueilli par des soupirs excédés. Je me suis propulsée sur le plancher du troisième étage dès l'ouverture des portes, suivie par Steve et par d'autres dont ce n'était pas la destination mais qui avaient absolument besoin d'air frais. Qui aurait cru qu'une flatulence était tout ce qu'il fallait pour franchir le mur de timidité qui nous avait empêchés jusqu'ici de nous adresser la parole? J'ai remercié intérieurement madame Savoie, en me promettant de lui expédier – anonymement – un sachet de Beano. Je soupçonnais qu'elle métabolisait mal les légumineuses.

— Peux-tu me dire pourquoi on nous accuse toujours, nous, pauvres vadrouilleurs innocents, de tout ce qui cloche dans cet hôpital?

— Tu le sais bien. Les préjugés habituels. Vous n'avez pas besoin de diplômes pour faire votre boulot, vous le faites sans âme ni intérêt et vous passez la moitié de la journée à placoter avec vos collègues sans diplôme, appuyés sur vos balais, pour parler des parties de hockey ou passer des commentaires sur les filles. Il n'y a qu'un pas entre ça et le manque de savoir-vivre.

— Écoute bien, toi : tu penses que péter représente le pire des comportements antisociaux ?

— Assurément pas.

— Garder le nez en l'air comme la bonne femme Savoie qui ne dit bonjour qu'à des hauts gradés comme elle est à mon sens bien plus malséant que de se lâcher quand on n'en peut plus.

— Et la combinaison des deux devrait suffire pour l'envoyer en tôle ! Dis-moi, hum, c'est quoi ton parfum, au juste ? Tu sens le restaurant vietnamien.

Je me suis rapprochée de lui et j'ai respiré dans son cou. Je l'ai reniflé sans me gêner. Depuis le temps que je le humais en cachette sans avoir le temps de comprendre de quoi, de qui il s'agissait, j'en ai profité. J'ai senti subitement mes jambes flageoler et j'ai reculé d'un pas. Je rougissais, peut-être, vu la manière dont il a éclaté de rire.

— Je me tartine de gingembre frais le matin. C'est rempli de propriétés curatives, ce truc-là. Ça stimule les méridiens, ça sent bon, j'aime ça !

— Ouah ! Moi aussi, j'aime ça !

Je l'ai reniflé à nouveau, en saisissant un pan de sa chemise. J'avais envie de m'emplir de ce parfum, de passer la matinée dans son cou, de m'étaler de tout mon long dans ce havre exotique et sensuel. J'avais envie de lui lire des passages de *L'Attrape-cœur* et de lui ouvrir ainsi une partie du mien. J'ai retrouvé mes sens, surtout parce que le chef d'unité m'a regardée d'un air curieux tandis qu'il se rendait à son bureau, sinon je me serais éternisée entre le tissu et la peau de Steve.

— Mon copain se met du «Man of Passion», tu sais, le truc immonde qui provoque des crises d'épilepsie chez des nounounes en jupons dans la pub imbécile? C'est absurde. Comme si une odeur pareille pouvait être érotique! C'est atroce. Ça décape les naseaux.

— Comment fais-tu pour baiser avec lui? Tu respires par la bouche? On ne peut pas faire l'amour avec quelqu'un dont on n'aime pas l'odeur!

— C'est... c'est hors propos. Salut, faut que j'y aille. J'ai des bains à donner.

— Tu es une sainte. Mieux que cela. Sors avec moi, un jour.

«Comment tu fais pour baiser avec lui?» Sa question ainsi que l'odeur de gingembre frais sont restées logées dans un recoin de mon esprit toute la matinée. Toutes les deux imprégnaient chacune de mes tâches. La question créait une zone d'ombre inconfortable, à laquelle j'appliquais l'antidote qui lessivait cette angoisse: le fugace souvenir du gingembre ennobli par la chimie du corps de Steve. «Sors avec moi, un jour.»

J'ai flotté toute la journée sur le plancher propre qu'il peaufinait telle une œuvre d'art, juste pour moi aurait-on dit, alors qu'il m'adressait des sourires nouveaux dès que j'émergeais d'une chambre. À mon départ, il avait disparu et je ne l'ai pas cherché. J'avais trop peur ; peur qu'il sente encore meilleur après ces heures d'usure pendant lesquelles la peau recouvre sa véritable essence, au-delà de tous les subterfuges utilisés pour la travestir. Je n'ai pas cherché non plus l'étalage des fruits et légumes exotiques en faisant mon épicerie à l'heure de pointe, alors que tout le monde se bousculait pour la viande et les accompagnements traditionnels ; je l'ai juste trouvé. Seule face à l'immense amoncellement de tubercules de gingembre, je me suis emparée d'un gros morceau et je l'ai regardé avec amusement. Il ressemblait à un bonhomme musclé, muni de membres déformés, gonflés aux stéroïdes. Je l'ai fendu en deux et j'ai frotté la moitié humide et odoriférante contre mon nez. Mes genoux ont fléchi alors qu'une moiteur on ne peut plus concrète mouillait mon slip ; une publicité embaumant la véracité et bien plus évocatrice que celle de « Man of Passion », pour un simple petit bout de gingembre sans prétention. Troublée, j'ai regardé autour de moi en espérant que personne n'avait assisté à cet acte érotisant involontaire. Je suis passée devant les caisses en serrant bien fort le gingembre dans ma main, le cœur battant. Une fois sur le trottoir, je

l'ai de nouveau porté à mes narines et j'ai su — ou
devrais-je dire j'ai senti — que j'inspirais, dans le
creux de ma main, ce qui s'avérait sans conteste
le parfum de mon véritable « Man of Passion », ce
Ginger Man qui purifiait le sol et maintenant mon
réseau olfactif des relents nuisibles et malodorants
de ma relation actuelle. Une dernière fois avant de
le cacher dans ma poche, j'ai respiré le gingembre
et j'ai ressenti avec joie la salubrité nouvelle de
mon esprit. Il me tardait d'être demain.

LE PEIGNOIR

Personne ne parlait. Tant mieux. Hypnotisée par une toile éblouissante de blancheur, j'essayais en vain de lui extirper une réponse, le bout de mon pinceau propre entre les dents. Je suis obstinée et j'aime croquer des pinceaux. Je peux me balancer devant une toile immaculée pendant des heures, jusqu'à ce qu'elle obtempère et me livre ce qu'elle recèle. Ou encore l'éventrer en plein cœur, décidée à tout abandonner et à me consacrer à l'absorption de nourriture indigeste en prétextant l'art de performance, avec mon propre corps comme véhicule d'expression. J'essaie de me retenir, les toiles coûtent cher et je grossis facilement.

Christian, blasé par mes pantomimes, se comportait comme si j'étais à peine là, alors qu'au début de notre relation, il adorait me contempler pendant ces moments de gestation. Il griffonnait ses impressions en fumant un joint, ou bien il reproduisait ma gestuelle sur les feuillets d'un carnet de croquis dont j'étais l'unique modèle. Ces temps d'amour béat et aveugle étaient révolus. Maintenant habitué à mes états de stagnation créatrice, il était affalé avec indifférence sur une chaise et lisait quelque chose en marmonnant. Puis, comme s'il avait envie de s'exercer à une prise de karaté, il s'est précipité sur moi, si vivement que j'ai sursauté et failli m'enfoncer l'extrémité du pinceau dans la gencive. Il m'a brandi une brochure sous le nez — j'ai reculé par crainte qu'il me le coupe, les incisions au papier font très mal — et il a serré les dents comme s'il voulait se retenir de me mordre, ce qui aurait été étonnant, puisqu'il n'avait pas posé les lèvres sur mon épiderme depuis 200 ans.

— Tiens, voilà ce qu'il te faut. On devrait s'en sortir pour moins de cent 150 $ chacun, ce n'est pas cher pour s'éviter une dispute suprême. Je n'ai pas envie de passer notre semaine de vacances à tourner en rond autour de ta toile, il faut se changer les idées un peu, sortir d'ici, ce n'est pas sain de rester enfermés comme ça. Je comprends que ton processus d'incubation est plus long qu'à l'accoutumée, mais ma patience a des limites. Et puis, qui sait si la clé de ton inspiration ne se cache pas là ? Appelle, réserve deux nuits, on paiera pour une troisième si c'est nécessaire.

Ça faisait si longtemps qu'il n'avait pas aligné une quantité de mots aussi considérable pour s'adresser à moi que j'ai daigné le regarder. Ça faisait si longtemps que je ne l'avais pas regardé que je l'ai trouvé bizarre.

— Tu as maigri ou quoi ?

— Pourquoi dis-tu ça ?

— Ton nez est plus gros, on dirait.

J'ai attrapé la paperasse qu'il enfonçait dans ma main avec un « pssitt ! » exaspéré, en lui servant mon coup de sourcil spécial blasé qui signifie : « Rien ne peut m'impressionner à ce stade-ci, surtout pas tes propositions. Et puis, chose, qu'est-ce que tu connais à l'inspiration de toute manière ? » Avec le temps, il est devenu plutôt habile à décrypter mes expressions sourcilières, c'est pratique. J'ai lu quelques informations sur un ton poignant, en soulignant chaque mot par un geste grandiloquent.

— Évasion, repos, ambiance, détente... Un bain de bonheur dans un océan de douceur... Venez faire le plein d'énergie, blablabla... Vacances santé inoubliables, point d'exclamation ! Super, ton truc. Tu les as vus sur la brochure ? Ils ont l'air endormi à souhait : l'homme regarde la cheminée et la fille regarde le tapis, c'est hautement inspirant. Appelle, toi. Je n'ai pas envie de me taper des standardistes polies. Hôtel Spa Excelsueur, tu ne trouves pas que ça sonne un peu prétentieux ? On dirait une arnaque pour jeunes mariés naïfs. C'est louche.

— Ils ont gagné des prix d'excellence, ils sont cotés quatre étoiles... ou trois... cinq, je sais plus.

— Je vais t'en faire voir, moi, des étoiles, si ça ne les vaut pas, et tu ne gagneras pas de prix pour autant. D'ailleurs, où as-tu pêché ces papiers ?

— Une fille, au travail.

— Alors, pas question.

J'ai eu un mal fou à boucler ma valise. Pourtant, j'avais renoncé au plus gros de mon matériel d'artiste, choisissant de n'emporter que mon carnet de croquis et quelques bâtons de sanguine. À la dernière minute, j'ai décidé de retirer ma robe sexy, mon petit haut sexy et mon string sexy-avant-qu'il-ne-soit-sur-moi. Ce serait un bon test ; s'il m'aimait toujours malgré mes humeurs de chien, il devrait pouvoir se passer de ces trucs minables. Il avait pensé comme moi, car il s'était contenté de son sac à dos d'un jour.

— Tu n'as pas oublié ta brosse à dents ?

— Non, tu penses bien. Tu dis sans arrêt que je pue de la bouche.

— Ce n'est pas vrai. Que tu pues, certes, mais je ne te le dis pas sans arrêt, il faut que je reprenne mon souffle tout de même. N'oublie pas ton maillot, ils ont une piscine et un bain tourbillon, tu sais, le truc avec les jets qui nous attaquent les chairs en nous donnant l'illusion que notre cellulite fond sous la pincée. J'imagine qu'il faudrait s'immerger là des heures par jour pour voir le moindre résultat, autant dire y passer sa vie, et on en ressortirait plus ratatiné qu'autrement. Apporte un condom, au cas où on gaspillerait quelques minutes en dehors du bain tourbillon.

La route est longue jusqu'à Sainte-Andouille, quand personne ne dit un mot. Lorsque j'ai décidé de rompre le silence en sifflotant, il a commencé à siffler plus fort que moi. Je me suis sentie insultée, alors j'ai allumé la radio. Si je ne pouvais pas siffler sans me faire interrompre, personne d'autre ne le pourrait. Le commentateur a dit que nous aurions une journée sans pareille ; s'il voulait dire qu'il faisait déjà 30 sous zéro et un soleil de glace, il avait entièrement raison. Une voix susurrante payée par Épidermé, ayant manifestement pour but d'amadouer la clientèle masculine, s'est lancée dans une litanie racoleuse vantant les infaillibles rayons laser. J'ai imaginé Christian en train de se faire épiler les fesses à la pince à sourcils.

— Bon, ça y est. On ne peut plus avoir de poils, maintenant. Marketing de cinglés ! Peux-tu croire que les hommes deviennent fous comme les femmes ?

— Hon ! Pauvres hommes ! Et nous, tu crois qu'on a déjà pu se laisser *poiler*, ne serait-ce qu'un peu ? Tu dis que mes poils ne te dérangent pas et tu fais des tresses avec ceux qui sont sous mes aisselles dès que tu peux.

— C'est faux. C'est toi qui paniques dès que tu en vois apparaître un. Je n'ai jamais dit un mot à ce sujet. Je t'ai toujours acceptée et aimée poilue.

— Bon, tu me trouves poilue, maintenant ?

— Tu es poilue.

C'est vrai. La nature m'a gratifiée de poils farfe-
lus, c'est ainsi. Cela ne fait pas de moi une femme
laide; virile certes, mais pas répugnante. J'ai éteint
la radio en espérant qu'il ne recommence pas à
siffloter. Il siffle très mal, il siffle toujours quand je
suis de mauvaise humeur, pour en remettre.

L'hôtel Spa a émergé au tournant d'une courbe
inquiétante pour nous apparaître dans toute sa
somptueuse laideur. On aurait dit un immeuble à
condos construit à toute vitesse pendant les années
1980. J'imaginais le concepteur : « Wow ! Ce sera un
défi de faire relaxer des paquets de nerfs dans
un immeuble monstrueux et situé directement sur le
bord de l'autoroute ! Il me faut le relever ! Puisque
tous les recoins champêtres des Laurentides sont
déjà occupés, construisons entre des espaces de
stationnement ! » Mon ami a tenté de se montrer
galant en me soulageant de mon sac, mais je le lui
ai arraché des mains et, ce faisant, mon petit rasoir
rose est tombé dans la neige sale. Il l'a ramassé
sans oser dire ce qui le démangeait sûrement, ce
qui s'est avéré une excellente idée.

Les réceptionnistes, cordées comme des grains
de chapelet derrière le comptoir, nous ont dardés de
sourires coordonnés. La fin de semaine commençait mal, je les détestais déjà. Elles portaient des
costumes bruns sur des chemises à jabot couleur
blanc d'yeux. Elles avaient toutes dû profiter de la
même prime Estée Lauder, car leurs paupières, lèvres,

joues et cils étaient peints de vilains tons iden-
tiques, des couleurs contre nature, sûrement toxi-
ques pour l'épiderme. Je les ai imaginées le soir
venu se débattant avec le contenu complet d'une
boîte de papiers mouchoirs pour effacer ces pein-
tures naïves et retrouver dessous qui elles sont vraiment et qu'elles avaient probablement oublié. L'une
d'entre elles nous a fait signe avec son sourire
plein de dents égales, et je me suis dirigée comme
une condamnée à mort vers son bout de comptoir,
suivie de mon ami qui captait mon humeur. Il n'est
pas fou, il sait reconnaître le bien du moins bien.
Impossible qu'il se sente mieux que moi, me suis-je
dit, il est juste plus doué pour contenir ses émotions.

— Bonjourrrrr.

Elle roulait les «r» et son haleine sentait la téré-
benthine à la menthe. Elle devait se décaper la
bouche toutes les heures. J'ai décliné mon identité
et me suis préparée au pire : être emmenée dans la
salle des machines ou aux cuisines pour éplucher
les patates, car sa manière dédaigneuse de me regarder, moi et mes vêtements ordinaires, semblait
indiquer que je n'avais rien de la clientèle type et
qu'on ferait mieux de me cacher pour ne pas gâcher
le prestige de l'endroit. Elle se méfiait de moi, mais
elle tentait de bien le camoufler derrière ses grands
cils alourdis par le mascara d'Estée.

— Oui, deux nuits seulement, n'est-ce pas ? Voici
votre clé, chambre 203, tout au fond du couloir,

deuxième étage. Si vous voulez acheter des soins, vous n'avez qu'à nous appeler de votre chambre et nous vous ferons parvenir un peignoir.

Elle m'a tendu un dépliant expliquant les catégories de soins et je l'ai saisi en sachant sans même avoir zieuté les prix que mes moyens ne me le permettraient pas. D'ailleurs, le genre de soins dont je sentais tout à coup le besoin ne se retrouvait sûrement pas dans leur brochure. J'ai réprimé l'envie de lui demander combien était la séance avec le psy du Spa.

— Nous avons accès à la piscine et au bain tourbillon gratuitement, ainsi qu'au sauna, non ? Est-ce que nous ne pourrions pas avoir une robe de chambre maintenant ?

— Seulement si vous achetez un soin.

Elle radotait, ma foi, elle était programmée. Je me suis résignée à gagner notre chambre sans le fameux peignoir, élément essentiel à tout spa qui se respecte. Car le chic dans un spa, c'est de rester vêtu en tout et pour tout d'un peignoir, du début à la fin de votre séjour. On ne se casse pas la tête pour savoir ce qu'on va porter pour parader devant ces messieurs-dames, tout le monde est égal, tout nu sous le peignoir du matin au soir. Très peu pour moi au fond, mais au prix que coûtait chaque nuitée, j'aurais voulu mon accessoire-spa, ne serait-ce que pour dormir avec ou faire un tour de voiture enrobée dedans. Pendant la traversée de l'interminable couloir qui menait à notre chambre, nous avons croisé des gens qui déambulaient dans des peignoirs d'un blanc aveuglant, confectionnés dans une ratine épaisse et onctueuse évoquant la crème fouettée. Ils ressemblaient à des bonshommes de neige bien dodus, prêts à fondre. Ils étaient dans un hôtel-spa quatre étoiles — ou était-ce trois ou cinq? — le luxueux peignoir leur en apportait la preuve, à même la peau des fesses. Je n'avais pas envie de m'assimiler à ce point; c'est ce que je me suis dit pour éponger la petite frustration qui m'étreignait. Rester moi-même dans ce havre de riches oisifs, voilà ce qu'il fallait.

Le choc que m'a causé la vision de notre chambre est inénarrable. Il me faudra tenter de le peindre un jour. Cela ressemblera à un Bosch néo-expressionniste, quelque chose de très viscéral en tous les cas. Avec un gémissement, je me suis laissée choir sur le divan rose-vaginal, ultra raide et anti-morphologique, et j'ai essayé d'adapter mes yeux à l'environnement. Mon ami a déposé son sac puis son derrière près de moi, sans rien dire. Il commençait à passer maître dans l'art de ne pas parler quand il ne le fallait pas. Il savait très bien ce que je ressentais, que je me retenais d'exploser en pensant aux 127,95 $ par nuit, petit-déjeuner compris, que nous avions déboursés, pour deux nuits de surcroît. J'étais incapable de prononcer un mot, une grosse boule se formait dans mon œsophage, elle remontait dans mon gosier et ne goûtait pas bon du tout. Il se préparait à patiner fort pour me rassurer, je le voyais bien, ses narines palpitaient, elles étaient en alerte. Il était aussi passé maître dans cet art de signifier «Personne ne panique, tout est sous contrôle!» depuis qu'il était avec moi. Il a murmuré en bougeant à peine les lèvres:

— Dans ces circonstances, il faut être zen. Accepter la réalité et communier avec elle, tu vois. Fais «Ohmm» avec moi. Non? Tu vas voir, on va s'amuser, il s'agit de se laisser aller, de rester nous-mêmes. Je sais que tu trouves l'endroit quétaine et petit-bourgeois, moi aussi, ne t'en fais pas. On va tirer parti de tout ça.

— Quoi?!

J'ai commencé à pleurnicher. La rage et le sentiment de m'être fait avoir m'étouffaient. Mon corps s'est raidi et mes mamelons se sont hérissés d'un coup. En d'autres temps, cela aurait été comique; il se serait même précipité sur eux pour les triturer. Chose certaine, l'heure était grave, car mes petits seins ne pointent jamais pour rien.

— C'est pour *ça* qu'on a payé les yeux de la tête et on n'a même pas de peignoir en plus? Je vais t'en faire, du zen, moi! Non mais, tu veux rire? Tu as bien vu? La tapisserie, les rideaux, le couvre-lit, tout est de la même teinte dégoulinante, vomi de vieux bleu, sauf le divan rose-clitoris qui détonne, il ne devait plus rester de tissu de la même couleur.

Et le tapis? Pareil comme chez ma mère dans la cave! C'est déprimant au possible! On est du côté de l'ombre, il fait noir comme le poêle et tu as vu le panorama? Non? Normal, il n'y en a pas! Et ces reproductions? Hé! Les nénuphars de Monet et les ballerines de Degas, on en a plein le pompon! Je veux bien croire qu'on a l'air d'être en phase terminale côté finances, mais nous donner la dernière chambre au bout du couloir, en face du stationnement arrière et au-dessus de la bouche d'aération du restaurant, merci! On l'entend et la porte-fenêtre n'est même pas encore ouverte!

— Il fait -40 dehors.

— Et alors? Ça pue ici, ça sent le désinfectant. Il va bien falloir ouvrir un peu durant la nuit, sinon on va mourir asphyxiés!

— Pourquoi as-tu demandé la chambre la moins chère, aussi, quand tu as réservé?

— Qu'est-ce que tu penses? Pour ne pas nous faire passer la plus chère! Je ne pouvais pas savoir qu'on nous dissimulerait au-dessus des cuisines. Écoute: on entend brasser les casseroles. Comment veux-tu que je me détende si je me sens dans une cafétéria? J'ai vécu les moments les plus atroces de la fin de mon enfance dans une cafétéria! Pourquoi crois-tu que je peins souvent des scènes de cafétéria? Je veux mourir, tuer quelqu'un, grrr...

— Ne meurs pas. Viens donc, on va aller explorer, voir la piscine, tout ça.

Il est sorti sans attendre ma réponse, il craignait d'être la victime. Il avait raison de s'extraire de mon champ de vision, j'avais envie de le mettre en pièces, de lui faire avaler mes pinceaux par le bout pointu. C'était lui le responsable, après tout. S'il croyait me remettre les humeurs à l'endroit et pacifier notre couple en nous tenant cloîtrés pendant trois jours dans cet endroit morbide, il se trompait.

— Attends! Je vais faire quelques retouches à cette chambre abominable, tu vas voir, on ne va pas se laisser faire par ces ratés de la décoration.

J'ai extirpé mon beau paréo balinais tout froissé de mon sac et je l'ai jeté sur la table de chevet pour cacher la surface de verre teinté. J'ai arraché le couvre-lit et l'ai replacé à l'envers, le blanc cassé créant une surface claire dans cette cambuse ombragée. Puis, j'ai dispersé ce qui restait dans mon sac sur le meuble à huit tiroirs en mélamine noire, pour donner un air de désordre de chez nous, et j'ai répandu mes crayons et carnets de croquis sur le sol près du beau sofa rose. Sans un regard pour le résultat de cette piètre tentative d'égayer l'environnement, je me suis précipitée vers le couloir, d'où mon ami me considérait d'un œil inquiet, et j'ai claqué la porte en espérant déranger quelqu'un. En longeant le corridor que quelques plantes et bouquets de fleurs artificiels décoraient mièvrement, il m'est venu une idée radieuse.

— Attends un peu, toi, là.

— Hé! Tu es folle! Laisse ces fleurs où elles sont, tu vas nous faire prendre.

— Et quoi alors? Tu crois qu'ils vont nous enfermer dans la cave avec les rats? Ça leur apprendra à composer des chambres sans personnalité. Je vais lui en donner, moi, du calibre, à ce hangar à 130 piastres.

Je suis retournée vers la 203 sous le regard courroucé de mon ami, qui s'était planté à côté du bananier en plastique en s'imaginant protégé par les immenses feuilles synthétiques. J'ai éparpillé mes fleurs un peu partout sur le plancher et les surfaces, une tentative ratée de jardin anglais spontané. Je mettrais la touche finale plus tard, quand je serais soûle et que l'alcool exacerberait mon activité mentale et donc ma créativité. Me calmer le pompon à l'aide de quelques substances, bières sucrées de filles et herbes proscrites en période créative, voilà ce qu'il me fallait.

Piscine. Avec vue ensorcelante sur le stationnement. Grosses Chrysler, petites BMW, Subaru WRX, Dodge Shadow: la nôtre. Nous étions les seuls à ne pas arborer le fameux peignoir blanc velouté, ce qui démontrait au vu et au su de tous que nous n'avions acheté aucun soin, donc que nous étions radins ou pauvres, du moins pas suffisamment fortunés, et que nous avions englouti toutes nos économies dans le seul prix de la chambre. De toute manière, à la seule idée de me retrouver enveloppée de pied en cap de boue volcanique, mon système respiratoire se calcifiait.

Chaque *spasmien* — c'est ainsi que j'avais décidé de les nommer (je retenais également *spasmé*, pour désigner les *spasmiens* incapables de se détendre) — avait un appareil photo jetable avec lui. Il le serrait dans une main comme s'il craignait de se le faire piquer, précaution superflue puisque tout le monde en possédait déjà un et, de l'autre main, tenait prisonnière celle de son conjoint ou de sa conjointe pour signifier qu'il s'agissait là d'une propriété à propriétaire unique. J'ai contourné l'insignifiant bain tourbillon qu'on décrivait colossal sur la brochure et dans lequel marinait un trio de madames savamment coiffées pour l'occasion (tour de Pise, tour du CN, tour de Bras) et vêtues de maillots une pièce fleuris au décolleté provoquant (le ricanement, vu mon humeur critique). J'ai choisi une chaise longue située à l'abri des regards, mais d'où je pourrais voir tout le monde. Le ficus gigantesque, un vrai, chose étonnante, offrait un abri illusoire. Alors que je venais à peine de m'écraser sans aucune élégance dans la chaise longue trop basse, on m'a demandé subito d'immortaliser un moment inoubliable devant ledit ficus. Christian m'a déjà insultée en me comparant à Andy Warhol, à cause de mes lunettes ovales et de mes cheveux blonds qui ont l'air d'une vadrouille. Avec cette tête d'artiste manquée et dans ce lieu, j'étais celle qu'il fallait pour appuyer sur le bouton du Kodak. Allez, Manon !

Le ficus devait être l'arbre sacré du Spa, celui devant lequel tous les *spasmiens* s'ébahissaient. Je me suis fait un devoir de croquer le joli couple noir et blanc sous leur meilleur angle, car ils avaient l'air si gentil même s'ils ne parlaient pas un mot de français. L'homme ressemblait à un bâton de réglisse noire vêtu d'un peignoir blanc, ce qui était assez drôle si on le prenait d'un certain point de vue – le mien – et cette vision impromptue m'a donné subitement envie d'être *stone* pour apprécier ce moment de pur art pop mêlé d'expressionnisme hyperréaliste. Il a encerclé d'un bras nonchalant sa femme joufflue, dont la blancheur de peau se confondait avec celle du peignoir, et quand j'ai dit « *smile !* » il m'a foudroyée d'une dentition impeccable, bouleversant le blanc laiteux de la ratine et faisant se crisper la femme, qui devait penser que le sourire de son mari s'adressait à moi. Il est vrai que j'étais la seule femme, parmi l'armée de peignoirs, à être habillée « en civil » autour de la piscine et que ce pantalon aux motifs de marguerites vertes et jaunes de style années 1960 me conférait une silhouette à potentiellement rendre jalouse l'épouse dodue de l'homme-réglisse. Elle m'a arraché l'appareil photo comme si elle craignait que je le fasse disparaître dans mon champ de marguerites, s'est emparée de la main de son mari sans un mot pour me remercier et l'a prestement éloigné de mon corps trop mince. L'homme se tordait le cou en se laissant traîner vers la sortie et m'a souri jusqu'à ce que la porte se referme derrière lui et sa tortionnaire. Mon ami, qui avait assisté à la séance de photo, m'a fait remarquer que j'aurais pu être plus discrète. Or tout ce que j'avais fait avait été d'appuyer sur un petit bouton et ils n'avaient sûrement pas pu se rendre compte que leur vision me faisait jubiler et inspirerait éventuellement une œuvre décadente.

— Tu n'as pas conscience de ton charme. Surtout dans ce pantalon.

— Toi non plus, semble-t-il, depuis quelque temps. Avoir su que ces marguerites te faisaient tant d'effet, j'aurais couché avec durant le dernier mois.

Comme j'étais partie pour récriminer et que le sujet «absence de robe de chambre» monopolisait à nouveau mon espace mental section «plaintes», il m'a suggéré d'acheter un soin facial, le moins cher à la carte (65 $), mis à part les épilations du cou (9 $) et de la jambe complète (30 $). Qui a idée de se faire épiler le cou? Comme il savait pertinemment que le sujet des poils était délicat, il l'a évité avec toute l'intelligence d'un homme qui veut prévenir une paire de claques. J'ai calculé qu'à 50 ¢ du point noir, ce facial coûtait encore trop cher. Je suis absolument capable de m'éclaircir le teint moi-même après m'être ramolli la peau, enfouie sous un linge à vaisselle au-dessus d'un bain-vapeur bouillant parfumé au thym pour une obscure raison et de m'extraire tout le sébum contenu dans chaque pore sans hurler, puisque je connais parfaitement mon seuil de douleur. Bien entendu, on risque de s'infecter et de voir surgir de gros boutons blancs les jours qui suivent, mais au moins, on économise 65 $ et le résultat s'avère le même.

— Christian, tu entends?

— Quoi?

— La musique... enfin, le bruit de fond.

— Oui. Merci de me le rappeler, je venais à peine de l'oublier. J'espérais que tu ne l'avais pas remarqué, tu capotes déjà assez.

— C'est une chanson d'Aerosmith, version instrumentale. Bon sang!

— Tu es certaine? Je pensais que c'était Nazareth. Ben oui, nounoune, c'est *Love Hurts*.

— Ça vient de changer. C'est un *melting pot*.

— Un pot-pourri, tu veux dire.

— Très pourri.

Nous avons pouffé tous les deux en nous prenant spontanément la main. Vu de l'extérieur, rien ne nous différenciait vraiment des autres personnes présentes, à part nos tenues vestimentaires. Nous étions étendus sur des chaises de rotin, les jambes allongées et croisées, main dans la main : le couple *spasmien* type, amoureux, heureux de séjourner dans un endroit privilégié d'où ils reviendront reposés, plus unis que jamais, la peau encore imprimée par la ratine. Ce moment de complicité m'a rappelé que j'aimais toujours Christian et que si nous nous trouvions dans ce lieu, c'était à cause de mes humeurs exécrables en période de spleen créatif. Hier encore, je lui lançais un pinceau numéro quatre à la tête, en lui hurlant que j'étais une ratée de la peinture et de tout le reste, et qu'il ferait mieux de foutre le camp s'il ne voulait pas recevoir aussi un flacon d'huile de lin. J'ai fermé les yeux en tentant de ne pas laisser la version d'une sirupeuse ballade de Phil Collins gâcher ce moment simple, mais c'est Christian qui a mis fin à mon instant suspendu en pressant mes doigts.

— Tu viens ? J'ai envie d'essayer le lit.

— Tu ne trouves pas que les chaises longues seraient tout aussi bien ?

— Exhibitionniste ? On n'aura qu'à laisser la porte ouverte. Allez, on décolle. Je n'en peux plus, de Phil Collins.

— Moi non plus. C'est à cause de lui que Genesis a couru à sa perte.

— Aucun doute là-dessus.

— Je me demande ce que fait le pauvre Tony Banks aujourd'hui, et les autres, pendant que ce vieux coq promène sa sale tronche avec sa petite poule de 30 ans de moins que lui.

— Elle doit aimer ses ballades.

— Et son argent.

— C'est sûr. Hé! Ça suffit, on s'en fout de Phil Collins! Allez, on monte à notre alcôve.

— Tu veux dire à notre dessus de cuisine.

— Je vais te cuisiner ça, moi, tu vas voir, attends que je te réchauffe les fesses!

À leur demande, j'ai fait quelques photos des dames coiffées en tourbillon qui mijotaient toujours dans le bain bouillonnant, tandis que Christian lisait les instructions liées à l'usage de la piscine.

— Tu as vu? C'est ouvert jusqu'à 11 h. On prendra un petit bain nocturne, j'ai apporté de quoi fumer.

— Tu sais très bien que je ne consomme plus d'herbe quand je suis en processus créateur, c'est nuisible.

— Tu n'es pas en processus créateur, c'est à cause de ça qu'on est ici.

— D'accord, alors.

J'étais soulagée de le laisser prendre les décisions, chose pour laquelle il n'était pas très doué d'habitude; il faut dire que je ne lui en laissais pas souvent l'occasion. Qu'il me propose une partie de jambes en l'air me rendait un peu perplexe. La vue de tous ces maillots fleuris l'avait-elle titillé? J'espérais qu'il ne s'inspirerait pas de ces visions pour arriver à l'orgasme. Le couloir était désert, il devait s'agir de l'heure où le *spasmien* est soit en traitement, soit à la piscine. La porte d'une chambre était entrouverte. Fouineuse comme je le suis, je n'ai pas pu m'empêcher de pointer le nez à l'intérieur. Personne en vue. Le bruit d'une douche, le rire aigu d'une femme, le grognement d'un homme. Un feu brûlait dans la cheminée. Hé! Nous n'avions pas de cheminée, nous! Et ce beau divan, et ces fleurs naturelles sur la table, et ce tapis de faux poils d'ours au sol, qu'est-ce que cela signifiait? Christian a tenté de me ramener sur le droit chemin. J'ai résisté et je suis carrément entrée dans la chambre. Quelque chose me dictait de le faire, ma petite voix intérieure du mauvais coup. Il s'est pris la tête entre les mains, les yeux exorbités comme E.T.

— Tu es folle?

— Rends-toi utile, fais le guet et avertis-moi si quelqu'un arrive dans le corridor.

— Qu'est-ce que tu fais? Ils sont dans la salle de bain! On va se faire prendre, expulser! Tu es malade! Hé! Laisse ça là! Ça ne nous appartient pas!

— Maintenant oui. Allez, viens.

Il n'a pas insisté et m'a suivie, alors qu'il n'avait qu'une envie: me battre, c'est sûr. Je le connais, aucun goût pour la délinquance, même la saine. J'ai ricané en camouflant la bouteille de champagne sous mon chandail, en me disant que ce serait plus facile sous un peignoir. Le verre était froid et humide, j'ai aimé ce contact qui hérissait ma peau.

— Tu es kleptomane! Tu es vraiment kleptomane, ma foi! Tu aurais dû te voir les yeux quand tu as pris la bouteille, tu n'as jamais eu ce regard, même pendant l'orgasme.

— C'est certain.

— Tu imagines la gueule de ces gens quand ils vont voir qu'on leur a volé leur champagne?

— Ils n'avaient qu'à fermer leur porte.

— Ils ne savaient sûrement pas qu'elle était ouverte! Et surtout, ils n'ont pas dû imaginer que cet établissement était un repaire de voleurs... de voleuses, plutôt.

— C'en est un, à commencer par les propriétaires. D'ailleurs, tout le monde ici à part nous a les moyens de se payer du champagne, pas besoin de se méfier. J'aurais dû entrer dans la salle de bain et leur prendre une robe de chambre, tant qu'à y être.

— Tu fais une fixation. Je te vois venir.

— Tu ne vois rien du tout. Allez, ouvre cette bouteille. Je n'ai pas bu de champagne depuis... en fait, je n'en ai jamais bu. Comme c'est excitant! C'est la fête!

— Ça va être la nôtre s'ils décident d'enquêter sur ce vol.

— Tu t'en fais trop, mon vieux. On est supposés être ici pour se relaxer. Alors, relaxe. Après quelques gorgées, même la tapisserie va prendre des couleurs. On n'est pas aussi censés faire l'amour, ou quelque chose du genre? Remarque, on n'est pas obligés.

Il s'est laissé bécoter derrière le cou tandis qu'il s'acharnait sur le bouchon, qui a cédé avec un ploc! retentissant avant d'aller bondir contre le mur. Je me suis empressée de récupérer le liquide qui moussait hors du goulot en le portant à mes lèvres. J'ai failli m'étouffer quand j'ai entendu frapper à la porte. D'un geste rapide, j'ai fait disparaître la bouteille derrière le téléviseur.

— Va ouvrir, Christian.

— Toi! Je te l'avais dit.

— Chut! Pas si fort. Enlève ton chandail et défais la boucle de ta ceinture. Aie l'air un peu endormi.

J'ai défait les couvertures sur le lit, enlevé mon pantalon et mis un peu de désordre dans mes cheveux. J'ai suivi Christian, qui affichait un tel air de découragement que j'ai décidé de le pousser pour ouvrir à sa place. L'homme-réglisse. Quand il m'a aperçue, un sourire radieux a éclairé sa figure.

— *Hello, you again? You want me to take another picture? Hi! hi!*

— *No, sorry to disturb you, I see that you were doing... something. I was just wondering if you hadn't noticed anything particular. A bottle of champagne was stolen from our room and we are asking the residents, just in case, you know...*

— *It is hard to believe that this classy place hides thieves. Anyway, I suppose that if one of the residents had stolen your champagne, they wouldn't tell you! Ha! ha!*

— *No, of course, of course. Ha! ha! Anyway, sorry to have disturbed you. Nice to see you again.*

Il a reluqué mes cuisses sans aucune gêne et je ne me suis pas gênée non plus pour les lui servir généreusement, contente que cette distraction l'empêche d'approfondir davantage.

Je n'ai eu aucun orgasme fulgurant à la fin de la soirée, parce que mon fougueux amoureux s'est mis à ronfler devant *South Park*, la bouteille de champagne à la main. Quant à moi, j'ai eu un tel mal de tête que j'ai dû me servir plus d'une fois dans la provision d'aspirines, que j'avais apportée au cas où je me disputerais avec Chris, parce que j'ai toujours la migraine après, même si c'est moi qui avais raison. De toute façon, s'il ne s'était pas endormi, on se serait disputés, alors ce serait revenu au même.

En me réveillant, j'avais la plus sale gueule de toute l'histoire d'Excelsueur et de toute la mienne. J'ai mis un morceau de vêtement devant chaque miroir de la chambre. Il y en avait trois avec celui de la salle de bain, ce qui signifiait que Christian n'allait plus avoir de t-shirt à se mettre. Il n'avait guère meilleure allure que moi en ouvrant les yeux, du fait qu'il avait dormi à moitié sur la bouteille de champagne toute la nuit. Il s'est levé en se tenant le dos, incapable de se redresser correctement. Malgré le carillon qui cognait contre les parois de ma tête, j'ai été prise de fou rire. L'étiquette de la bouteille s'était décollée sous l'effet de sa chaleur corporelle. Il l'a eu étampée sur le postérieur, le temps qu'il aille s'étaler sur le sofa.

— Tu crois que tu seras mieux là-dessus? Tu risques de t'esquinter davantage la colonne! Viens que je te masse, mon pauvre chouchou.

— Tu es marrante, toi. On dirait que tu m'aimes toujours plus quand je suis mal en point.

— Non, c'est faux.

— Oui, j'ai remarqué. Dès que je montre la moindre défaillance, tu ronronnes autour de moi.

— Profites-en.

— Le fait est que je suis plus souvent en santé que malade, tu vois. Si tu étais gentille, disons le millième de ce que tu peux être quand je suis à l'article de la mort, il en resterait pour les autres jours de l'année.

— Tu es fort en calcul. Viens que je te masse un peu le sacrum, et un peu plus bas, et là aussi...

— Lâchez-moi le scrotum, infirmière perverse!

— Scrotum est un très vilain mot. Vous méritez d'être puni.

Il n'y a rien comme un peu de sexe quand on ne s'y attend pas pour se guérir de tous les maux. Il était près de 10 h quand j'ai enfin atteint mon premier orgasme depuis un mois. J'adore quand il jouit, il devient extrêmement sérieux, il me regarde droit dans les yeux, c'est même parfois carrément gênant, car moi, quand je jouis, si je jouis, j'ai la tête d'une femme qui accouche. Puis il prononce mon prénom et je fonds, soulagée de sentir qu'on s'aime tellement malgré les déraillements passagers qui prêtent à croire le contraire.

Restaurant. Véritable nid de peignoirs blancs et piailleurs. Je ne m'étais jamais retrouvée en présence d'une telle quantité de gens en robe de chambre à 10 h du matin. Christian et moi étions les seuls dissidents. C'était la première fois que je me sentais embarrassée d'être habillée en public. Je portais mon petit haut des jours heureux (lire : jours d'orgasme réussi), une fanfreluche rouge à pois blancs dont le col frisé serait moins décolleté si j'avais plus de poitrine pour le tendre vers l'avant. Le résultat s'avérait à tout le moins mignon et au goût de Christian, qui tentait en se décrochant le cou comme un pigeon de voir quel soutien-gorge je portais dessous.

— Le rouge, c'est le rouge, arrête de lorgner là-dedans ! Tu connais le contenu par cœur.

— Je ne m'en lasse pas, que veux-tu ? Chaque fois, je les découvre nouveaux. Ils sont toujours différents, selon qu'il fait chaud ou froid, si tu es avant ou après tes menstruations, si...

— D'accord, d'accord ! Merci, mais parle un peu moins fort si tu désires rester dans le sujet, parce que le peignoir qui se trouve à deux heures à ta gauche a l'air de s'intéresser à ce que tu racontes sur mon anatomie.

— Celui de quatre heures te trouve également à son goût, il est en train de compter les pois de ton chemisier.

— Dis-lui donc d'arrêter de perdre son temps et qu'il y en a 180. Vise un peu le trois heures, je pense qu'il est en érection. Ah non, c'est à cause de son cordon qui est drôlement placé.

— Tu regardais là? Tu n'en as pas eu assez tout à l'heure? On peut recommencer, si tu veux, après le maigre déjeuner qui nous est offert. Hé! Tu as vu ça?

— Oui, j'étudie le menu depuis qu'on est là. Je peux parler, te répondre et apprendre les menus par cœur en même temps, c'est une de mes qualités. Ce qu'ils sont radins! Un œuf avec rôties, café, bacon ou jambon ou saucisse ou deux crêpes de sarrasin et café ou un muffin avec fromage cottage et café. Ils demandent de payer un supplément pour tout ce qui est à côté ou qu'on ajoute pour ne pas mourir de faim. Je me demande si beaucoup de gens s'écroulent en se levant de table, par manque de nourriture. Regarde: tout le monde a pris l'œuf, c'est évidemment l'option la plus consistante. À moins qu'il ne s'agisse d'œufs de taille 34AA.

— J'adore tes petits œufs. C'est donc ce que nous allons prendre nous aussi.

— Attention! Danger à tribord. *Oh, hi! Have you finally found your bottle of champagne?*

— *No. Fortunately, we had another one. Did you*

sleep well?

— *Yes, thank you. I think your wife found a table at the other end, she's waving at you* comme une dingue. *Enjoy your* très léger *breakfast.*

— *Thank you. See you by the pool later.*

— *Yes, see you later, mister alligator.*

— Il te fait du gringue, ma foi, et tu en rajoutes!

— Du gringue? Qu'est-ce que tu as lu récemment pour employer un tel vocabulaire? Arrête, il est super sympathique. Je vais peut-être lui demander de poser pour moi, si j'arrive à noyer sa femme dans le tourbillon.

— Vile séductrice. La serveuse arrive, sois polie.

Nous avons engouffré notre maigre pitance en observant discrètement nos compagnons de table. Les femmes étaient étonnamment pomponnées et la presque totalité de leurs maris leur lisait le journal sous le nez pendant qu'elles s'épiaient les unes les autres, évaluant leurs coiffures et maquillages matinaux. Je commençais à aimer cet endroit inusité, il me changeait les idées et contribuait de ce fait à ce relâchement physiologique que je n'espérais plus. Je me sentais apaisée, car depuis le début de mon blocage créatif, je n'arrivais plus à l'orgasme, même si je triturais dans mon esprit les pensées les plus lubriques pendant que Christian me caressait sous toutes mes coutures. Je ne parvenais pas à décontracter mes parois mentales suffisamment pour aider les autres à en faire autant. Pour m'éviter d'interminables discussions post-coïtales, je poussais quelques gémissements dans le ton de ceux qui l'ont toujours rassuré sur ma faculté de m'abandonner à lui. L'utilisation de vocalises judicieuses en période de stress, si cela peut éviter la panique et ménager la sensibilité de l'homme, pourquoi pas?

Un soleil meurtrier dardait ses rayons à travers la baie vitrée et m'aveuglait. J'en avais assez de plisser les yeux. J'ai sorti mes verres fumés de mon sac de faux crocodile rouge et les ai posés sur mon nez, sous l'œil ahuri de Christian.

— Dis donc, tu n'es pas gênée, espèce d'impolie.

— Tu préfères que je grimace et que je ride mon beau visage? Et puis comme ça, je peux zieuter les gens sans qu'ils s'en doutent. Vise les cinq heures, c'est touchant. Un papa a emmené sa fille adolescente en vacances, tout seul, sans la maman. Ce qui en fait son «spapa»! Il ressemble étrangement à un de mes professeurs de cégep, dont j'étais amoureuse.

— Touchant en effet. Mais je vais te décevoir: il y a peu de chance qu'il s'agisse de sa fille. Tu n'as pas vu? Il lui a léché le bout de chaque doigt tout à l'heure. Tu penses que les papas nettoient les mains de leurs enfants de cette façon, de nos jours?

— C'est dégoûtant. Je suis sans cesse déçue par l'humanité. Heureusement qu'il y a toi.

— Ce n'est pas ce que tu semblais me signifier les dernières semaines.

— Je viens de changer d'avis.

— Tant mieux, j'adore quand ton cycle d'humeurs en est là. On s'en va? À moins que tu ne veuilles un troisième café, mais il te faudra le payer, celui-là.

— Laisse faire, ma mère en fait du meilleur, du Sanka instantané, imagine! Je pense que je vais aller faire une marche, question de digérer tout ce gras. Je me demande dans quelle partie du cochon ils ont coupé leur bacon.

— Tu veux y aller seule ou accompagnée?

— Seule, si tu veux savoir. Ne te fâche pas. J'ai besoin de réfléchir à ma prochaine toile, je sens que ça vient, je sens les idées qui cherchent à poindre, à travers toute cette belle ratine vierge. C'est inspirant.

— Bien sûr. Pas de problème. Une semaine s'il le faut... il te la faudra sûrement, hé! hé! Je vais prendre le sentier en direction opposée, si sentier il y a. On dirait qu'il n'y a qu'une espèce de route secondaire derrière l'hôtel.

— Le sentier n'était pas compris dans notre forfait. Peut-être que l'homme-réglisse et sa femme en ont un, sentier, eux.

— Ouais, et tu pourrais essayer d'aller le leur voler.

À la sortie du resto, j'ai chipé un journal près de la caisse, sous le nez distrait de Christian, et j'ai remarqué que l'homme à la jeune fille avait observé mon geste avec un sourire narquois et entendu, comme s'il me connaissait ou m'approuvait.

Je ne lui ai pas rendu son sourire, d'autant plus que Christian avait happé ma main libre pour en bécoter les cinq doigts. En rigolant, nous avons marché bras dessus, bras dessous jusqu'à notre tanière, saluant les femmes de ménage qui commençaient à nettoyer les chambres. Heureusement, j'avais mis la pancarte «Ne pas déranger». Je ne voulais pas qu'elles me piquent mes fleurs. J'ai toujours rêvé de travailler comme femme de ménage. L'idée de pénétrer dans l'intimité des gens et de farfouiller dans leurs affaires pour soi-disant ranger me titille, de la même façon que j'aime marcher tard le soir et zieuter par les fenêtres pour voir comment sont disposés les meubles, de quelles couleurs sont les murs, quelle chaîne de télé les occupants sont en train d'écouter. Christian ne partage pas mes tendances voyeuristes, il dit que je suis fouineuse et effrontée; moi je réponds que les gens n'ont qu'à fermer leurs rideaux ou à éteindre les lumières s'ils ne désirent pas qu'on sache combien ils possèdent de meubles IKEA. Je sais reconnaître les meubles IKEA du premier coup d'œil, j'ai ce don, doublé de celui d'être incapable d'en monter un seul par moi-même. Je n'ai pas l'esprit mathématique. Je suis convaincue qu'il faut être fort en trigonométrie, en algèbre, en algorithmes, en calcul mental et de préférence blond et adepte de ABBA pour monter une base de lit suédoise sur quatre pattes qui tiendront le coup sous les secousses d'insomnie ou de

sexe sauvage. Christian a interrompu mes pensées
en me poussant contre le mur pour m'embrasser.

— Cet endroit m'excite. Tu iras marcher plus tard.

— Arrête, les femmes de ménage vont nous voir.
Attends au moins qu'on soit dans la chambre !

— Il y a un petit recoin plus loin, au bout du
corridor.

— Je ne suis pas sûre. J'ai le ventre un peu plein.

— Avec ce qu'on a mangé ? Tu bluffes. Bon, d'accord, après ta marche, on fera une sieste et ce qui
s'ensuit. Si tu n'es pas redevenue frigide entre-
temps.

— Méchant. Trouve-moi donc un peignoir au lieu
de dire des bêtises.

— Je n'ai pas tes tendances kleptomanes, moi. Tu
n'as qu'à t'acheter un soin quelconque, fais-toi
faire la moustache ou quelque chose du genre et tu
l'auras, ta fichue serviette blanche à grandes manches.

Christian a décidé de cuver sa déception en se
jetant tout habillé sous les couvertures. Il a inséré
sa main dans son pantalon, geste machinal qui —
en avais-je déduit avec le temps — le sécurisait,
puisqu'elle restait là, sans bouger, serrée autour
de ses objets corporels favoris.

— Tiens, instruis-toi donc au lieu de faire semblant de te branler. Fais les mots croisés.

Je l'ai tapé avec le journal que j'avais volé pour
lui. Il a eu l'air content et a retiré sa main de son

slip. Pour ce qui était des vols dont il pouvait profiter, il semblait d'accord.

Emmitouflée comme un nounours et remplie de bonnes résolutions de plein air, je me suis rendue au comptoir, où une employée aux joues roses me guettait en souriant, toutes gencives dehors. Il y avait certes une petite route secondaire derrière le bâtiment, mais pas de sentiers, m'a-t-elle assuré, où je rencontrerais lièvres, cerfs, elfes et maisons de pain d'épice. J'ai eu l'air déçu, alors elle m'a tendu un bol de bonbons à la menthe. Si elle espérait provoquer un sourire ou me faire oublier que leur fichu hôtel offrait peu de commodités pour ceux qui n'avaient pas les moyens de rester à l'intérieur pour se faire enduire de crèmes, elle avait échoué. Je déteste la menthe sous toutes ses formes. J'ai quand même ramassé une petite poignée de bonbons, Christian et son haleine instable pourraient en avoir besoin.

Je suis allée m'asseoir dans un des gros fauteuils fleuris de l'entrée pour ajuster mes lacets de bottines, de gros lacets ronds qui se défont sans cesse et me forcent à me pencher pour les renouer à tous les dix pas, même si je fais des doubles nœuds. Le lacet rond est un mystère pour moi. Ou est-ce moi qui subis un mauvais karma à cause d'une ancienne vie de marin jeté par-dessus bord parce qu'incapable de faire des nœuds qui se valaient ? Je me demande qui a inventé ces lacets ; probablement un adepte de la technique Nadeau, pour qui la flexion du dos représente un exercice corporel incomparable.

Le pseudo-papa lécheur de jeunes doigts est venu accaparer un fauteuil juste à côté du mien, alors que plusieurs étaient libres à une distance raisonnable. Il m'a regardée avec un sourire engageant en croisant les jambes. Il portait un pantalon en gros velours côtelé vert bouteille et un gilet en shetland imprimé de savants motifs, duquel émergeait le col d'une chemise de fin coton gris, le chic du chic. Il semblait au firmament de l'autosatisfaction, comme s'il avait enfin résolu le mystère du point G pendant son déjeuner, qu'il l'avait trouvé au bout du pouce de la main droite, là où il se trouvait tout ce temps alors qu'on s'évertuait à le chercher ailleurs, dans des catacombes humides et insensibles. Ses yeux pétillaient de moquerie tandis qu'il me regardait peiner à tricoter des triples nœuds avec mes lacets.

— Ils sont impossibles, ces fichus lacets ronds, n'est-ce pas ? Je vous suggère vraiment de les changer, c'est ce que j'ai fait, regardez les miens, ils sont parfaits. Je les attache au début de ma promenade et ils ne bougent pas jusqu'à la fin.

— Bravo, c'est une idée de génie. Je vais au premier Dollarama que je croise sur mon sentier et j'en fais l'acquisition.

— Oh ! Vous ne trouverez pas ces lacets-là dans ces magasins, mais dans une bonne boutique de plein air.

— Vous m'en direz tant. Merci du conseil. Vous attendez votre fille? Je vous ai vus au déjeuner, elle est ravissante.

— Oui, elle est tout à fait charmante. Mais c'est ma compagne, pas ma fille.

— Ah! bon, c'est à s'y méprendre. Elle ressemble à ma petite cousine, celle qui vient de terminer son secondaire 5.

Il me fallait garder mon calme, je sentais que je pouvais exploser à tout moment. La vue de ce mâle quinquagénaire me hérissait. Je l'imaginais promener ses mains aux veines bleues et gonflées sur le corps blanc et lisse de la petite fille, sortir des billets rouges de son porte-monnaie pour payer les chambres d'hôtel, les soupers chics et les robes sexy, pour ensuite l'aider à lacer ses bottines à lacets plats. Il a avancé son menton vers moi, en conservant toujours ce sourire triomphant.

— Seriez-vous une de ces mal baisées, mademoiselle Manon, par un amant trop jeune et peu expérimenté?

J'ai manqué m'étouffer avec ma salive. Christian me disait souvent que j'étais la reine des insolentes; il n'avait encore rien vu. Ce type ne savait pas qu'il avait affaire à une pro de la répartie. Je n'allais pas laisser passer ça! J'avais justement prévu me chamailler avec un mâle dégénéré pendant mon séjour... Ah! Quelle chance! D'ailleurs, comment savait-il mon nom? Avait-il lu sur les lèvres de

Christian pendant le déjeuner, ce qui aurait signifié qu'il nous observait pendant que nous les observions ? J'ai examiné mon parka, au cas où la réceptionniste y aurait accroché à mon insu un badge portant mon nom. Sa demoiselle est arrivée sur les entrefaites, froufroutante dans un habit de ski blanc brodé de lisérés roses, me faisant oublier que j'avais un prénom si facile à deviner. Elle parvenait à conserver sa sveltesse même ainsi enveloppée, alors que moi j'avais l'air d'une patate au four dans le même genre d'habit. J'imagine que c'est la différence entre un ensemble de neige trouvé dans un Dollarama et un autre acheté dans une boutique de plein air.

— Mon chéri, j'ai oublié d'appeler ma mère ce matin, tu me laisses le temps ?

— Bien sûr, ma chérie, prends tout le temps dont tu as besoin, je suis en agréable compagnie. Je donne des cours de dénouage de préjugés à mademoiselle.

— Ah ! bon, alors à tout à l'heure, mon doudou !

Je continuais à me débattre avec mes lacets en essayant de les enrouler autour de mes chevilles, alors que c'est autour de son cou de chéri que je les imaginais, son cou probablement pendouillant qu'il camouflait sous une courte barbe, lequel cou s'en verrait raffermi sous la pression. La sagesse me commandait d'éviter un combat dérisoire, mais quelque chose d'insensé m'empêchait d'abandonner. De plus, côté sagesse, je n'étais pas la mieux pourvue. De plus, disons-le, j'adorais ce dialogue impudique. Il me remplissait d'adrénaline.

— Il y a au moins 30 ans, si ce n'est plus, qui vous séparent d'elle, non? Ce n'est pas rien.

— Trente-quatre, exactement. Elle a 22 ans.

— Elle en paraît 15.

— C'est vrai, elle fait très jeune. C'est très excitant pour un homme de mon âge, je me sens rajeunir à vue d'œil depuis que je suis avec elle. Elle me contamine avec sa légèreté.

— Depuis que vous l'avez achetée, vous voulez dire. Ce qui vous excite, c'est l'idée que vous pouvez contrôler une fille de cet âge, alors qu'avec une vieille de plus de 35 ans comme moi, dont la personnalité est déjà forgée, c'est autre chose. Je parie que vous avez laissé votre femme pour cette fillette.

— Plus ou moins. Elle ne voulait plus rien savoir du sexe depuis quelques années, et moi je n'avais pas envie de voir ma queue ramollir avant la tombe.

J'ai dégluti en frissonnant d'excitation. J'admirais son franc-parler, son sans-gêne qui dépassait tout ce que j'avais rencontré au cours de mon expérience d'impertinente. Il me parlait de sa vie intime aussi facilement que si nous étions de vieux partenaires de squash.

— Une relation d'égal à égale, ça ne vous disait rien? Quel genre de relation pouvez-vous avoir avec une fille qui sort à peine de chez ses parents?

— Elle y est encore. Sa mère est pauvre, elle est très contente de la situation de sa fille, elle en profite.

— Vous l'avez achetée, elle aussi.

— Je ne sais pas pourquoi vous revenez sans cesse à l'argent. On parle d'amour, ici. Nous nous aimons beaucoup, Patsy et moi. Nous passons du bon temps ensemble, sans déranger personne, à part vous bien sûr.

— Et tous ceux qui roulent des yeux quand ils vous voient bécoter celle qu'ils croyaient être votre fille. Elle vous considère comme le bon papa pourvoyeur qu'elle n'a jamais eu, son père étant probablement alcoolique et donc absent, et elle vous cède son corps comme monnaie d'échange. Vraiment, quel plaisir aura-t-elle, en présumant que vous serez encore ensemble dans, disons, dix ans ? Elle aura quoi ? Trente-deux ans ? Vous en aurez 70, ça n'a aucun sens ! Elle aura envie de jeunesse, vous ne serez qu'un vieux grincheux probablement gonflé au Viagra, dont elle devra couper et limer les ongles d'orteils.

— Vous omettez qu'à cet âge, un homme est considéré comme étant encore séduisant et de surcroît capable de se reproduire, contrairement à une femme, ma chère. Prenez Belmondo, Michael Douglas, Harrison Ford, Johnny Hallyday...

— C'est bon, cessez votre liste de vieux ploucs richissimes incapables d'accepter de vieillir. Évidemment,

être près d'une femme de leur âge leur renvoie inévitablement l'image de leur propre vieillissement,
ce qui leur est intolérable. Vous savez que dans un
couple, quand c'est la femme qui tombe malade, je
veux dire gravement malade, un cancer par exemple,
l'homme la quitte dans presque 70 % des cas, alors
que le contraire n'arrive presque jamais ? J'ai lu ça
dernièrement et je ne suis pas du tout étonnée.

— Bravo, j'adore les statistiques, mais qu'est-ce
que ces données viennent faire dans notre débat ?

— C'est la preuve que vous, les hommes... enfin, je
devrais être généreuse et dire « certains hommes »,
avez une telle peur de la mort et êtes tellement
inaptes à accepter le processus de la vie vers l'iné-
luctable que vous préférez vivre l'illusion de l'éter-
nité en vous encombrant de petites filles, qui vous
font croire que vous en avez encore pour autant
d'années qu'elles à vivre. Et si elles vous permet-
tent de vous reproduire, alors là, quelle aubaine !

— Vous êtes drôle, ma chère. Vous pensez que les
femmes n'ont pas tout autant peur de la mort ? Tout
le monde cherche à ralentir le vieillissement et les
femmes sont les plus grandes acheteuses de tout
ce qui y contribue !

— Je ne peux pas vous donner tort là-dessus, mal-
heureusement.

— Quoique vos théories soient plus amusantes que
sérieuses, je serais prêt à les examiner avec vous.
Votre spontanéité et votre franchise inexplicables

me plaisent, même si je ne partage pas entièrement vos opinions. J'ai appris à ne plus me battre contre les préjugés et à ne pas tenir à mes opinions à tout prix, c'est trop épuisant pour un homme de mon âge, ha! ha! Prendriez-vous un verre avec nous en fin de journée, en compagnie de votre conjoint, s'il en existe un capable de supporter une telle force de caractère!

— Mon chéri, maman dit qu'elle ne pourra pas venir nous rejoindre, elle doit animer la séance Al-Anon ce soir et demain.

— Quel dommage! Mais nous aurons peut-être la compagnie de cette dame et de son mari, ce soir. Cela ne te dérange pas? Nous serons au bar du restaurant vers 6 h, je vous invite.

Il s'est penché vers moi et mes lacets toujours en attente de résolution.

— J'aurai enfin du défi conversationnel!

Puis, avec un clin d'œil malicieux, il a serré mon genou d'une manière si franche et chaleureuse que mon clitoris a palpité. Cela m'a passablement écœurée, de m'être laissé troubler par la pression de cette main chaude et enveloppante. Il s'est levé d'un bond, s'est étiré avec souplesse et a galamment tendu la même main à sa jeunette, si spontanément que j'en ai eu un pincement de jalousie au lacet. J'aurais presque aimé qu'il me les lace avant son départ.

Il gelait à l'extérieur. J'ai sautillé pendant un moment pour me réchauffer en me traitant de gourde;

j'aurais dû penser à demander au vieux type comment il connaissait mon prénom, au lieu de chercher à l'esquinter quant à sa relation illicite. J'avais
à peine marché un petit kilomètre et j'en étais pour
la sixième fois à renouer le lacet de ma bottine
droite quand je me suis aperçue que j'étais suivie.
J'ai accéléré le pas pour mettre de la distance
entre lui et moi, car j'étais convaincue qu'il s'agissait d'un homme. Je me suis retournée pour en
avoir le cœur net en faisant mine d'examiner les
environs, mais chaque côté de la route était bordé
par une forêt touffue ; rien pour me rassurer.

L'homme-réglisse a agité la main et a souri de
toutes ses dents sublimes format Chicklets. Il était
franchement beau, un vrai Seal, sans la cicatrice à
la joue. Cependant, je n'avais aucune envie de conver-
ser en anglais, ni en aucune langue, d'ailleurs. Déjà
que les propos du bonhomme de tout à l'heure me
trottaient encore dans la tête, ainsi que son visage
qui évoquait le souvenir de mon premier béguin de
jeune adulte, ce professeur de sociologie qui avait
alors 20 ans de plus que moi. Qui étais-je donc
pour critiquer sa demoiselle, après tout ? À cette
époque de ma première année de cégep, j'aurais
profité du moindre geste d'ouverture de la part de
ce prof, sans penser aux conséquences ni à notre
différence d'âge. Je m'en voulais de m'être empor-
tée tout à l'heure, j'avais fait preuve d'indiscrétion
et de manque de savoir-vivre. Et j'étais tombée sur

un homme qui, mis à part son goût discutable pour les jupettes de 20 ans, semblait doté de bon sens, de distinction et d'une capacité indéniable pour la conversation sans censure, chose que j'apprécie par-dessus tout. J'étais maintenant perturbée par le souvenir de mon clitoris titillé (lui qui exigeait d'habitude plus qu'une stimulation du genou pour s'éveiller), alors que j'avais besoin de vider mon espace mental pour permettre l'émergence d'images potentielles pour ma prochaine toile. Tel était le but de notre séjour et de ma promenade et j'espérais qu'il ne s'agirait pas encore d'une scène de cafétéria. Il me fallait mettre fin à ce cycle infernal, sinon envisager une thérapie.

— *Wait for me, please, young lady.*

«*Young lady*». Non mais, il ne m'avait pas vue de près ou quoi? Pour un peu, je me serais sentie flattée, mais après ma rencontre dans le vestibule de l'hôtel, je n'avais plus qu'une envie: me laisser ratatiner dans le bain tourbillon en compagnie du trio gériatrique aux coiffures extravagantes. Il semblait tenir à sa proie, j'entendais ses semelles crisser sur la neige, accélérer en première vitesse pour me rejoindre.

— Comment vous allez? Il faire beau, n'est-ce pas?

— Vous français parlez?

— Juste pour vous, *pretty* femme. *My name is Luigi.*

Luigi? Bon, on y était, le grand jeu! Je me demandais où était sa *pretty* femme à lui.

— Où est votre *pretty* femme à vous?

— *She's with the... you know*, se faire mettre la face jolie.

— *I see, I see.*

Je ne voyais rien du tout, mais il fallait bien que je dise quelque chose.

— *Where are you from*?

— Laval-des-Rapides.

— Je veux dire, d'où venez-vous, votre pays d'origine?

— *Italy.* Italie.

— J'avais compris. Mais vous n'êtes pas un peu noir pour être italien?

J'ai eu droit à son arbre généalogique complet, chaque branche, chaque feuille, des racines en passant par le tronc jusqu'à la cime, dont il faisait partie. Il lui manquait un enfant pour se créer une descendance, mais sa *pretty* femme ne pouvait pas avoir d'enfant de lui, parce que le problème, c'est qu'il était stérile, quel dommage. Il m'a demandé si nous nous connaissions depuis longtemps, Christian et moi, si nous comptions un jour avoir un enfant; il m'a dit combien Christian était beau garçon selon sa femme et des tas de foutaises pires que toutes celles que j'avais pu débiter à l'homme à la main chaude un peu plus tôt. Décidément, cet hôtel-spa abritait en son sein tout un assortiment d'éléments humains insolites. Plus il avançait sur ce terrain un peu intime, plus je me sentais saisie d'un drôle de pressentiment, alors je lui ai dit, en feignant la surprise :

— Comme c'est étrange, *how strange*! Mon ami aussi est stérile!

La conversation s'est peu à peu orientée vers des banalités et j'ai réussi à le larguer à l'entrée de l'hôtel, où une réceptionniste toute pimpante distribuait des brochures à la clientèle. Elle m'a remis sa publicité avec un sourire irrésistible, rouge jusque sur les dents.

— Spécial du jour jusqu'à 4 h pour tous nos clients : un soin facial avec 20 % de réduction. Il reste des places, si vous vous dépêchez.

Vingt pour cent, ils voulaient rire ou quoi? C'était encore trop cher. J'aurais mon peignoir, mais pas à ce prix. J'ai senti mes petits doigts se replier dangereusement dans mes poches, signe qu'il fallait que je me maîtrise si je ne voulais pas finir mon séjour au cachot. J'ai mimé celle qui semblait vachement intéressée, tout en visant la paire de gants en daim d'un brun riche qui traînait sur le comptoir, sans aucun doute oubliée par son propriétaire. Je les ai tout bonnement ramassés en remerciant la préposée pour son offre alléchante, lui ai dit que c'était tentant, que j'allais y penser et, avec un sourire aimable, j'ai glissé les gants dans la poche de mon manteau. J'ai toujours voulu des gants en daim de cette qualité et ceux-ci étaient faits pour moi, sinon ils ne se seraient pas retrouvés ainsi sur mon chemin, n'est-ce pas?

Christian végétait toujours sous les couvertures. Il exécutait de petits ronds avec son stylo-bille, signe qu'il avait choisi de ne pas se casser la tête avec les mots croisés et qu'il avait plutôt opté pour la facilité du mot mystère. C'était bien lui. Tant mieux, je les aurais pour ma visite aux toilettes. J'adore résoudre des mots croisés pendant la confection de mes petits besoins, ça me détend.

— Alors, c'était bien, cette promenade en solitaire? Tu as eu des visions?

— Oui, je ne te dis pas.

— Dis-moi.

— D'accord. Le type noir veut que tu fasses un bébé à sa femme, parce qu'il est stérile, et j'imagine que pendant ce temps, il coucherait avec moi. Et puis le bonhomme qui sort avec la petite fille et qui connaît mon prénom veut nous inviter à prendre un verre ce soir.

— Attends! Attends, là, qu'est-ce que tu me racontes? Tu as fumé un joint ou quoi? Peux-tu juste conserver la partie qui est vraie, s'il y en a une?

— Tout est vrai. Il a dit mon prénom, Manon, et puis tu as tapé dans l'œil de la grosse femme et en plus il parle presque français même s'il est italien et noir en même temps et la fille n'a que 22 ans et sa mère fait Al-Anon, ça explique tout.

— Tu as fumé, là, ou alors tu as trop respiré, tu hyperventiles, quelque chose comme ça. Viens me rejoindre sous les couvertures, tu m'excites avec ton incohérence.

J'ai été surprise de constater les effets de mes troubles d'expression sur ses capacités d'expansion péniennes ; sur le coup, je ne l'ai même pas reconnu. Mais je n'avais aucune envie de m'occuper de cette queue démesurée pour l'instant, mon esprit partait dans toutes les directions et il me fallait le récupérer pour penser à ma future toile. Moi aussi, j'étais excitée, mais pas pour les mêmes raisons. Je venais de comprendre : ce type était vraiment mon professeur de cégep, je ne voyais pas d'autre explication. C'est ce que j'ai tenté d'expliquer à Christian, qui avait commencé à s'astiquer consciencieusement le bâton.

— Si c'était ton ancien prof, tu l'aurais assurément reconnu, surtout si tu bandais dessus.

Tout en parlant, il mettait son engin en évidence. J'ai fait celle qui n'avait rien remarqué.

— Pas si sûr, j'étais tout le temps *stone* à cette époque, tu sais bien pourquoi. Je fumais avant chacun de mes cours, sinon j'angoissais tellement que je devais sortir de la classe avant la fin. Surtout pendant ce cours.

— Tout de même, un type ne peut pas tant changer en 20 ans.

— Oui, s'il a perdu la presque totalité de ses cheveux, s'il a pris 30 livres et s'est fait pousser un petit machin sur le menton pour brouter les filles.

— Ça ne te dirait pas, justement, de brouter un petit quelque chose? Je m'ennuie, moi, là, tout seul, alors que tu es juste à côté.

— Non, donne-moi les mots croisés, je dois aller sur le trône.

Il m'a refilé le journal sans délicatesse, pas content du tout. Comme j'ai l'habitude de refuser ses avances, sa mauvaise humeur ne m'a pas trop touchée. Je suis moins libidineuse que lui, c'est tout, surtout quand j'ai une envie plus pressante.

Ils nous attendaient, juchés sur les hauts bancs du bar, en tricotant leurs 20 doigts comme pour en faire un treillis compliqué. J'avais l'estomac vide, j'ai vite repéré les petits plats de cacahouètes sur les comptoirs. J'ai retenu Christian par la manche.

— On a oublié de dîner, Christian, je vais m'effondrer si tu ne me laisses pas toutes les cacahouètes.

— Tu as passé la moitié de l'après-midi aux toilettes à faire tes mots croisés, puis l'autre moitié dans le bain tourbillon. Je ne vois pas comment tu aurais eu le temps de manger quoi que ce soit.

— J'aurais pu, si tu m'avais apporté quelque chose. En passant, tu as une haleine pourrie.

— J'écoutais CNN, il se passe des tas de choses dans le monde, tu sais, à part toi, tes besoins et ton odorat bionique.

— Et quand tu en as, des besoins, toi, tu ne te gênes pas pour me le faire savoir.

Je faisais allusion à cette queue dont il s'était servi pour me harceler jusque dans les toilettes, où je bûchais sans parvenir à en voir la fin sur mes mots croisés thématiques — insectes paléontologiques. Il m'avait tant implorée que j'avais finalement cédé, une fois dans le petit bain tourbillon de notre salle de bain. Je n'avais jamais fait l'amour encerclée par des jets me pinçant les chairs. Je pense que c'est grâce à eux que j'ai joui. Nous avons terminé de nous disputer avant de rejoindre les tourtereaux affairés à se dévorer des yeux.

— Manon, vous êtes vraiment... étonnante! C'est une confection artisanale?

Il désignait mon t-shirt à minou. J'avais peint la face géante d'un chat psychédélique, dont les yeux à paillettes envoyaient des reflets dans les yeux des observateurs; c'était très réussi, j'étais même parvenue sans le vouloir à appliquer les paillettes directement là où arrivent mes mamelons. Bien sûr, le résultat était un chat qui louchait, mais cela ajoutait à la fantaisie. Patsy arborait une tout autre allure; alors que je semblais sortir tout droit d'une galerie d'art de Soho, elle paraissait costumée par une styliste de La Senza Girl, spécialisée dans l'art de faire entrer une fille revêtant du 30 dans du 26. Son tout petit t-shirt, décoré d'étourdissants graffitis jaunes et rouges et étiré par deux immenses collines retenues par un soutien-gorge dont on pouvait aisément voir les contours sous le tissu tant il était serré sur la peau, laissait apparaître un nombril percé d'une pierre brillante. Son bras exhibait un tatouage représentant le signe du yin et du yang. Quand elle s'est retournée pour prendre son verre, j'ai vu qu'elle en avait un autre sur sa nuque dégagée grâce à un chignon torsadé: un soleil qui grimaçait entre les vertèbres cervicales dès qu'elle hochait la tête. Pas très réussi. Les nuques, c'est mon truc, je les adore, nuques de gars et nuques de filles. J'aime les longs cous de cygne et les cous forts, mais je les aime avant tout nature, dénudés. Ce soleil qui n'éclairait rien et ne contribuait tout au plus qu'à raccourcir une nuque que je devinais par ailleurs fort jolie me confondait de malaise. Je n'aime pas les tatouages. Je ne comprends pas cette manie qu'ont les jeunes — bien que cette mode n'ait maintenant plus rien à voir avec l'âge — de vouloir fixer une image sur leur corps, sans penser qu'ils changeront un jour alors que l'image, elle, restera la même. Il ne leur vient pas à l'idée que leurs goûts ne sont pas figés dans le temps, que le signe ésotérique, l'insecte ou l'inscription qu'ils trouvent si chouette aujourd'hui les embarrassera peut-être à 60 ans, sur un fond de peau et de mentalité ridées. Il fut un temps où le tatouage signalait un refus du conformisme, mais de nos jours tout le monde en a un, alors cela ne veut plus dire grand-chose. Autant s'épingler une broche, qu'on pourra enlever et remplacer à volonté selon le flux et le reflux de nos changements intérieurs. J'ai reporté mon attention sur mon admirateur.

— C'est moi qui l'ai peint. Il vous plaît?

— Oui, surtout les yeux. Surprenant, on a du mal à les aligner.

— C'est parce que j'ai un sein plus petit que l'autre, mais au moins, ce sont les miens. Qu'est-ce que vous buvez?

— Des martinis. Vous voulez la même chose?

Christian a demandé une bière importée, à son habitude. Mon estomac gargouillant m'a commandé d'opter pour le martini, à cause des olives. Je me servais déjà sans me gêner dans le plat de cacahouètes pendant que Grégoire, c'était son prénom, faisait les présentations. Grégoire Girard. C'était bien lui. J'ai gardé ma contenance et tendu une main salée et graisseuse à sa Patsy, qui m'a enfoncé ses énormes bagues dans les phalanges. La conversation a pris un drôle de tour, du fait qu'elle n'en a pris aucun. Patsy scrutait les alentours avec une mine blasée, installée comme une anguille le serait sur un tabouret, le ventre bombé au-dessus de son jean heureusement très élastique, vu qu'elle devait quand même respirer un peu pour survivre. Christian a fini par briser la glace en parlant de son métier à Grégoire, ce qui a semblé fasciner son interlocuteur ; il ne devait pas savoir que les planchers des hôpitaux étaient nettoyés par des personnes humaines. J'ai tendu l'oreille. Christian a ce don de rendre amusant le moindre détail de son travail quand il en parle aux autres. Il décrit son quotidien fastidieux comme s'il était payé pour en faire un numéro comique, alors qu'à moi, il n'en dit jamais rien. « Il n'y a rien à dire, j'ai lavé les planchers toute la journée, qu'est-ce que tu veux que je te raconte, que ma vadrouille a perdu des poils dans la chambre 8026 ? » Ce serait déjà un début.

Tous les hommes qui passaient devant nous pour se rendre à une table ou au bar dévisageaient Patsy et son chandail. Elle leur rendait leur regard sans s'embarrasser des conventions. C'est vrai qu'elle pouvait paraître sexy, ainsi alanguie sur un banc qui offrait pourtant si peu de possibilités. J'étais assise raide comme un piquet, tentant de garder les épaules redressées de manière à ce que les yeux de mon chat n'inquiètent pas davantage. J'avais un jour demandé à Christian ce qu'il trouvait sexy chez une femme. Il m'avait répondu ceci : « Je ne sais pas, l'intelligence, je suppose. » « Ah ! oui ? » J'étais crédule.

«Oui, l'intelligence d'une femme, ça m'excite. J'ai besoin d'être allumé par le mental autant que par les yeux.» «Tu me trouves sexy, alors?» «Non. Intelligente, ha! ha!» Je comprenais parfaitement ce qu'il voulait dire. Christian fait partie de ces rares hommes qui ne sont attisés par la beauté physique d'une femme que si elle est connectée à une émotion, à un sentiment. À la connaissance de cette femme. «Les images ne me font rien, elles ne me touchent pas, elles ne sont reliées à rien en moi, n'essaie pas de me faire dire le contraire.» Je lui avais montré des photos d'un magazine de mode, où des filles s'exposaient en sous-vêtements presque inexistants, pour voir ce qu'il en pensait, ce qu'elles produisaient sur son esprit. «Bien entendu, ce sont de belles photos, bien léchées, bien trafiquées, mais quoi, tu voudrais que je bande en les regardant? Eh bien, je ne bande pas. Déshabille-toi et je vais bander.» J'avais vérifié et c'était vrai. «Tu me fais de l'effet parce que je te connais, je sais ce qu'il y a derrière ce corps, ce beau vieux corps plein de vécu.» J'aimais beaucoup Christian, je l'aimais vraiment et je croyais en son regard réfléchi sur les choses en général. Alors que je repensais à tout ça en regardant le jeune corps ferme et immature de Patsy, j'ai pris la main de mon beau. Il a resserré ses doigts sur les miens en continuant à faire rire Grégoire avec ses anecdotes de vadrouilleur.

— Et vous, qu'est-ce que vous faites dans la vie, à part profiter de votre retraite ? Vous êtes à la retraite, non ?

— Oui, j'ai passé assez d'années de ma vie à tenter d'inculquer quelques notions à de jeunes cerveaux mous.

Je n'allais pas la rater, celle-là.

— Ce n'est pas ce que vous continuez à faire ?

Patsy n'avait rien entendu. Elle détachait consciencieusement la chair de l'olive de son noyau du bout des dents, des dents bien alignées, presque irréelles. Elle savait y faire, les noyaux étaient parfaitement nettoyés, avec une précision qui exaltait mon imagination. J'ai eu envie de peindre ce bel écureuil contre le comptoir de bois d'acajou, de prendre Patsy comme modèle pour mon prochain tableau, en train d'éplucher ses olives, d'entourer son corps de montagnes d'olives et de noyaux. Christian m'a lancé un air réprobateur qui en disait long. Je me suis sentie injuste. Je devrais chercher à mieux connaître les gens avant de les juger, je sais. Je me suis tournée vers Patsy, qui m'a toisée du haut de son perchoir, et je l'ai abordée avec une première question pas trop difficile, question de ne pas l'effaroucher.

— Alors, ça va ?

— Oui. Pourquoi ?

Ça se présentait bien.

— Comme ça. Qu'est-ce que tu fais dans la vie ? Étudiante, quelque chose ?

— Quelque chose comme ça, oui.

— Ah! bon.

Nous avons grignoté quelques arachides en sirotant nos apéros. J'ai compté 30 secondes et comme il ne se passait rien, j'ai attaqué de plein front, la question meurtrière.

— Ça fait longtemps que tu connais Grégoire?

— Quelques mois.

— Ah! bon?

— Depuis le 1er septembre de l'an dernier, pour être plus exacte, donc cela fait... hum... exactement six mois. Il est vraiment chouette, bien plus chouette que les jeunes de mon âge qui ne pensent qu'à te baiser à la va-vite sur un coin de table. Il m'a fait découvrir des parties de mon corps que je ne connaissais même pas. Le point G, tu connais? Ouah! C'est la lettre la plus chaude de l'alphabet, tu n'as pas idée! Bien sûr, il porte un nom de vieux, mais c'est normal, à son âge, il ne peut pas s'appeler Mathieu comme mon ex. De toute façon, c'est mieux qu'ils ne portent pas le même nom, ce serait embarrassant quand on baise, je pourrais me tromper sur la personne. Et Grégoire, ce n'est pas mal, après tout. Le problème, c'est quand on sort. En fait, on ne peut pas vraiment sortir entre amis, parce qu'il s'ennuie avec les miens et que moi, je compte les mouches avec les siens, alors on est quittes! En tous cas, il est vraiment génial, il me paie des tas de choses, je suis comme une princesse. Mathieu,

j'étais toujours en train de lui passer du fric, comme
si j'étais un guichet automatique, mais il avait un
corps, aïe! aïe! aïe! je ne te dis pas, il faisait du
culturisme, il pouvait me lever d'une seule main!
C'est vrai que je suis assez mince, plus que toi encore,
mis à part le buste, mais j'étais comme toi avant,
maigre de là. Mathieu trouvait que j'étais un peu
handicapée, alors j'ai fait des économies et j'ai réglé
la question. Le problème, c'est qu'il m'a laissée pour
une plus vieille que moi, plus vieille de cinq ans,
tu te rends compte? Plus vieille que lui, même, je
n'en revenais pas. J'ai pris des mois pour me remettre de la rupture et de l'opération. Heureusement
que ma mère était là, parce que j'étais incapable
de lever les bras durant des semaines, ça fait mal
se faire implanter des seins, ils ne nous le disent pas
quand on va choisir la grosseur, le style et tout, je
te jure, mais je le referais n'importe quand, parce
que comme tu vois, ça fait de l'effet, et puis je sais
que j'ai quand même de la personnalité dessous. Je
suis étudiante, j'étudie, Grégoire dit que c'est important alors il me paie un diplôme d'esthéticienne
dans une école privée et je vais devenir esthéticienne diplômée. J'adore les crèmes, les lotions,
tout sent tellement bon, alors pas besoin de te dire
que je ne vais pas prendre un soin du visage au
Spa, parce qu'on s'en fait plein à l'école, mais plutôt un massage kinésithérapeutique suédo-chinois,
c'est un peu cher, mais Grégoire dit que ça va le

reposer que j'y aille et puis de toute façon, c'est mon cadeau d'anniversaire, parce que c'était mon anniversaire avant-hier, tu vois...

— Oui... oui... je vois...

Elle avait parlé sans même reprendre son souffle. Je me résumais intérieurement toutes ses paroles, tandis qu'elle examinait ses ongles avec affection : je n'avais jamais fait l'amour sur un coin de table, je cherchais toujours mon point G ou plutôt j'avais renoncé à le trouver, convaincue qu'il s'agissait d'une conspiration masculine visant à complexer la femme, compte tenu qu'une sur quatre errait désespérément à la recherche de ce point fantôme, j'étais handicapée de la poitrine, je n'avais jamais eu de soins du visage par une esthéticienne et j'étais sans aucun doute constellée de points noirs indéracinables qui altéraient mon jugement.

Grégoire semblait s'amuser ferme avec mon amoureux. Il a commandé d'autres martinis et une bière rousse pour Christian, qui a extirpé son portefeuille de la poche arrière de son jean. Il s'obstine à le placer là, alors que je m'obstine à lui démontrer, preuve à l'appui, que cela lui fait deux fesses de grosseur différente et que c'est grotesque. Grégoire l'a arrêté d'un geste de la main et a présenté un billet de 50 $ au serveur.

— Vous êtes mes invités et j'en suis ravi, laissez-moi vous gâter. Je passe un excellent moment. Christian, ça vous ennuierait que je vous enlève votre amie pour un instant ? Prenez Patsy en échange, racontez-lui l'anecdote de l'ascenseur, elle adore les histoires drôles. Garçon, d'autres arachides, s'il vous plaît ! Et plus d'olives dans les martinis ! Je vais au petit coin et je reviens.

À contrecœur, Christian m'a cédé son siège pour se rapprocher de Patsy, qui s'est discrètement éloignée de lui avec une grimace, comme si Christian avait soufflé son haleine infernale dans ses narines. Ce devait d'ailleurs être le cas, car elle a farfouillé un bon moment dans son minuscule sac blanc digne de la caverne d'Ali Baba, pour enfin trouver ce qu'elle cherchait : un paquet de gommes « Tourbillon de sept fruits ». Elle en a engouffré deux avant d'en offrir une à Christian. Je lui ai murmuré à l'oreille :

— Maintenant, au lieu d'avoir une haleine pourrie, tu vas avoir une haleine de fruits pourris, ha ! ha !

Il ne l'a pas trouvé aussi drôle que moi, à en juger par le regard noir qu'il m'a envoyé, et il s'est mis à mâchouiller la gomme chimique d'un air blasé, tandis que Patsy en faisait autant en reluquant les gens dans la salle à manger. Grégoire s'est approché de moi en se frottant les mains l'air tout heureux, ses yeux dans ceux de mon chat.

— Manon, vous êtes encore plus ravissante que lorsque vous aviez 17 ans.

— Vous avez une excellente mémoire des noms, mais pour ce qui est de l'esthétique, permettez-moi d'en douter.

— Vous vous sous-estimez, c'est ce qui me déprime chez les femmes de votre âge, il faut sans cesse les rassurer. Encore jeunes, mais déjà vieilles. Vous êtes mieux que belle, vous êtes intelligente, vive, surprenante, j'ai pensé à vous toute la journée.

— C'est gentil pour Patsy.

— Je vous revoyais, assise toute droite à votre pupitre, le regard à la fois flou et angoissé, puis partir sans explication avant la fin de mon cours. Vous fumiez de l'herbe, ou quoi ?

— Comme tout le monde. J'avais mes raisons.

— Ah ! bon, lesquelles ?

— Cela ne vous regarde pas. Vous n'aviez pas remarqué que votre classe entière était gelée ?

— Non. Juste vous. Vous étiez si « spéciale ».

— Je me forçais à étudier la sociologie, alors que j'aurais dû me ruer dans les arts tout de suite, au lieu de perdre trois ans à essayer de me gagner un diplôme en travail social. Ce n'était pas ma place, mais tout le monde me disait que je finirais mes jours dans un grenier si je m'obstinais à faire de l'art. Aujourd'hui, je fais de l'art et je gagne ma vie autrement, pour acheter des pinceaux et des toiles que je remplis de scènes de cafétéria surréalistes. Et je ne vis pas dans un grenier.

— Des scènes de cafétéria ?

— C'est une longue histoire.

— Vous avez travaillé dans votre domaine d'études ?

— Jamais. Ou plutôt oui, un petit emploi de remplacement, juste assez pour comprendre que je détestais ça, trop de paperasse, pas assez de temps pour le bénéficiaire. Le système est mal fait, au cas où vous ne l'auriez pas remarqué. Au fait, comment ça, « spéciale » ?

— Quoi ? Qui est spécial ?

Patsy se tortillait sur son banc pour essayer de prendre part à notre conversation. Il faut dire que Christian ne l'aidait pas à se désennuyer : il parcourait des yeux le journal qu'il avait déjà lu, en mâchant sa mauvaise gomme et en sirotant sa bière, le pauvre. Grégoire n'en avait que pour moi, je me sentais mal pour Patsy. Elle était si jeune, si vulnérable au fond.

— Tu veux un autre verre, chérie ?

— Vous voulez la soûler ou quoi ?

Il s'est penché tout près de mon oreille.

— Je veux vous parler davantage. Comment faire pour être seul avec vous ?

Il chuchotait et son souffle me chatouillait le cou. J'ai fermé les yeux et j'ai perçu l'odeur étrange qui émanait de lui, une odeur connue et lointaine. Celle de mon père, une fusion de peaux à la fois mortes et vivantes, vieilles et jeunes. Mon cœur s'est révulsé. J'ai bu mon martini d'un trait et je me suis sentie joyeuse et triste à la fois, si cela se peut. Mélangée, à tout le moins. J'ai ravalé ce sentiment confus.

— Impossible! C'est impossible! Votre petite fille s'ennuie et mon amoureux aussi, nous sommes cuits! Tout nous sépare, comme jadis dans votre salle de classe, alors que je ne souhaitais que cela, être seule avec vous. Bon, je parle trop.

— Non, non, continuez.

— Chut! Moins fort! Je suis trop vieille pour vous, ah!

— S'il existait plus de vieilles comme vous, je n'en serais pas réduit à jouer au papa.

— Si vous n'avez pas envie de jouer au père, pourquoi perdez-vous votre temps ainsi?

— C'est une relation transitoire, j'avais besoin de m'aider à quitter ma femme et Patsy s'est trouvée là. Elle n'est pas aussi superficielle qu'elle en a l'air, vous savez. On s'amuse bien ensemble.

— Ah!

Les vapeurs de l'alcool se sont dissipées et ma «force de caractère» s'est réveillée à nouveau.

— C'est typique! Besoin d'un pont pour passer d'une rive à l'autre. Incapable de prendre la situation de front, de regarder les choses en face, de se séparer de façon mature, peur de la solitude, nécessité de camoufler le vide et la souffrance pour ne pas la ressentir, blablabla. Mais comment avez-vous fait pour passer comme ça d'un corps à l'autre, d'une odeur à l'autre, d'une vie à l'autre sans faire le point, sans temps de réflexion? Vous avez pensé à votre femme, qui vous a donné les plus belles années de sa vie, sa beauté et sa jeunesse ? Et vous la plantez là, alors qu'elle est devenue plus vieille et donc assurément moins fraîche, pour aller faire le paon avec une fille qui a l'âge qu'avait votre femme au moment de votre rencontre en 1924, sauf que vous, vous avez, disons, un peu vieilli aussi ? Non ? Vous me suivez ?

— Oui, je vous suis, vous me rentrez dedans, j'accepte ça. Mais un petit instant... Vous, quand vous étiez une petite cégépienne et que vous aviez l'œil sur votre professeur de sociologie... alors, quelle différence avec Patsy, au fond ?

— Ça n'a aucun rapport. Je ne serais pas sortie avec vous si vous me l'aviez proposé. Ce n'était qu'une rêverie d'adolescente qui n'avait eu droit qu'à un père absent, une transposition teintée d'érotisme, un truc psychanalytique aussi banal que ça. Vous m'auriez déçue si vous m'aviez fait des avances, la bulle idéaliste que je construisais autour de vous aurait éclaté. De toute manière, je ne pense pas que cela se voyait tant que vous me plaisiez ? Vous deviez plaire à des tas de jeunes filles à cette époque.

— Oui, mais elles ne me plaisaient pas toutes. Vous, si.

— Écoutez, mon vieux, j'aime Christian.

— Écoutez, ma vieille, j'...

— J'ai faim, chéri !

— Moi aussi, *chérie*.

Christian avait terminé les mots croisés sur les insectes paléontologiques, ce qui m'apparaissait inconcevable, et il mangeait son crayon en essayant d'attraper quelques bribes de nos chuchotements. Il y avait de quoi être intrigué, Grégoire était presque étendu sur mon épaule. Je me suis écartée de lui et j'ai déclaré que j'étais également affamée mais aussi fatiguée, et que j'hésitais entre manger ou me coucher. Nous avons eu droit à une autre invitation pour le restaurant que Christian, homme sans scrupules, a acceptée avant que j'aie eu le temps de refuser. Je me suis levée de mon banc en chancelant et j'ai attrapé un des jolis petits cendriers en verre bleu pour le glisser dans la pochette de mon sac à bandoulière. Grégoire a attiré Patsy contre lui, lui a bécoté sa joue ronde et lisse et pleine de gommes, en la tâtant un peu ici et là pour la rassurer. Ce faisant, il me regardait et j'ai senti une vague de mépris me submerger. J'ai détourné mon regard en constatant que mon cœur sautait un battement sur deux.

— J'avais déjà réservé une table pour quatre, je suis heureux que vous acceptiez. Rejoignons-nous ici dans 30 minutes, ça vous va ?

Ça nous allait. N'importe quoi. Je pourrais me reposer un peu avant le repas et passer un autre t-shirt ; les paillettes des yeux du chat m'irritaient désagréablement les mamelons. Christian m'a pincé le gras du bras gauche en tortillant la peau entre le pouce et l'index, je déteste ça. J'ai tenté d'attraper son auriculaire pour le casser.

— Est-ce que je rêve ou tu as piqué un cendrier?

— Tu rêves.

— Mais je ne rêve pas quand je vois que notre ami te drague.

— Écoute, j'avais raison, c'est mon ancien professeur. On se racontait des souvenirs, c'est tout.

— Ce devait être de fameuses réminiscences, à voir la manière dont vos nez se frôlaient. Tu es encore attirée par lui?

Je me suis collée contre Christian en prenant une grande respiration dans son cou.

— Tu sais quoi? J'ai peut-être une idée pour ma prochaine toile.

— Ne change pas de sujet.

— Je t'aime.

— D'accord. Je te crois, même si tu as un peu trop bu pour être vraiment sincère.

— Je suis sincère, qu'est-ce que tu penses? Que je serais avec un type aussi imparfait que toi depuis toutes ces années si ce n'était pas le cas? Bien sûr, tu ne me paies pas de massage, tu ne me fais pas l'amour sur des coins de table, mais tu acceptes que j'aie un handicap de la poitrine.

— Quoi? Qu'est-ce que tu me chantes, là? Qui est handicapé?

— Tu trouves que j'ai de trop petits seins?

— Tu as les seins les plus sensibles que j'ai connus, j'adore les peloter et toi aussi, c'est ce qui compte. Je sais que j'en abuse comme boutons de démarrage au détriment du reste, tu me l'as assez dit, et j'essaie de penser à stimuler d'autres parties de ton corps, tes coudes, tes genoux, le petit os de tes poignets, par exemple, mais avoue que c'est une perte de temps. Je n'ai pas besoin de seins plus gros que ce que mes mains peuvent contenir, ce serait du gaspillage, et puis à ton âge, ils ne seraient pas aussi bien perchés. Tu es parfaite, ma vieille.

— Dix sur dix pour ton discours. Je suis rassurée, pour la énième fois. Tu as eu une bonne idée de nous emmener ici. Faudra remercier ta copine au boulot. Je sens que plein de choses vont débloquer.

— À commencer par nous.

— C'est déjà fait.

Je l'ai embrassé tendrement en palpant son petit pneu abdominal. Son haleine sentait les sept fruits. Avant de monter à notre chambre, nous sommes allés jeter un coup d'œil à la salle à manger, qui était déjà remplie de *spasmiens*. Certains avaient revêtu des habits de soirée, d'autres s'obstinaient à pavoiser en peignoir, coiffés et maquillés comme s'ils étaient en redingote ou en robe de gala. Mon œil aiguisé et critique se réjouissait de tant de stimulation visuelle. J'ai soudainement eu envie d'être *stone* pour décupler mes sensations.

— Chris, j'ai envie de fumer l'herbe du diable!

— Quoi? Avant de manger? Tu vas ruiner Grégoire, tu es un gouffre sans fond quand tu fumes.

— Justement, profitons-en. Je veux voir plus clair, il me faut plus d'images encore, plus de reliefs. C'est trop fou, tout ça. Je me sens stressée et relaxe, angoissée et sereine, grande et petite, tu vois le genre.

— Hum, oui, je vois. Et tu penses que fumer va arranger ça, te recentrer?

— Je ne veux pas être recentrée! Je veux en remettre, me désaxer, je veux voir en quatre dimensions! Je vais peindre mon plus grand chef-d'œuvre à notre retour!

— Tu ne crois pas que c'est risqué? Tu sais comme tu peux devenir bizarre parfois sous l'effet de la drogue, bizarre et verbomotrice, sans retenue.

— Tu aimes ça.

— Pas si sûr.

— Allez, viens, on monte. Je suis excitée! On dirait que j'ai 17 ans à nouveau! Je sens qu'il va se passer quelque chose!

— Ouais, il te fait tout un effet, cet homme-là, c'est la totale côté régression. J'ai hâte de voir comment tu étais, à 17 ans.

Christian a roulé un joint en maugréant, sceptique comme il peut parfois se montrer à mon endroit. Il est le côté raisonnable de notre couple; il en faut bien un, autant que ce soit lui, je me verrais mal dans ce rôle. Quand mon inconscient refuse de s'ouvrir, je dois simplement l'aider un petit peu. Le temps que Christian prenne une douche, j'ai croqué à la va-vite quelques comptoirs de cafétéria dans mon carnet. Je les garnissais de pots d'olives empilés les uns sur les autres, c'était très joli. Christian a émergé de la salle de bain encore ruisselant, odoriférant, les hanches drapées d'une serviette blanche. J'ai jeté mon carnet sur le tapis et j'ai arraché son pagne. Mes lèvres se sont enroulées autour de l'extrémité de son pénis. Avec ma langue, je l'ai délicatement extirpé de son petit imperméable et il a rapidement pris une allure tout ensoleillée et guillerette, ainsi que son propriétaire.

Nous sommes descendus après avoir fumé le joint, enlacés comme des boas. J'ai été prise d'un grand sourire béat quand j'ai vu que Patsy était en peignoir. Christian était aussi interloqué, mais sa bienséance lui commandait de garder ses lèvres en place, cousues l'une contre l'autre. D'un commun accord, nous avons pris un moment pour enregistrer mentalement l'ensemble de la scène. Absolument surréaliste. J'étais ravie à la vue de ces tables luxueusement dressées pour des clients vêtus de robes de chambre, comme si de rien n'était. Je regrettais de ne pas avoir emporté mon carnet de croquis. Les yeux de Patsy erraient dans la salle, l'air de compter quelque chose. Elle faisait peut-être le recensement des peignoirs. Grégoire nous a vus et a agité le bras dans notre direction.

— Ça va aller? Tu n'es pas trop décalée?

— Aïe! C'est certain. J'adore cet endroit!

— Essaie juste de bien te tenir, s'il te plaît?

— Je suis la Reine de Saba, tu es mon esclave, je n'ai pas d'ordre à recevoir de toi.

— Ça augure bien. D'accord, je suis ton esclave, juste parce que tu as été fine tantôt.

— Je peux remettre ça plus tard, j'ai des lèvres bioniques, tu le sais, infatigables.

— N'exagère pas, laisse-moi récupérer un peu.

— Qu'est-ce que tu vas faire à l'âge de Grégoire, mon Dieu! Salut! Salut, nous voilà, un peu en retard, désolée. Ça va? Patsy, j'adore ton peignoir, je crève de jalousie, argh!

— Je viens de prendre une douche et je n'avais pas envie de me rhabiller. Ces peignoirs sont si doux, on se croirait emmitouflé dans un nuage. Une fois qu'on l'a sur le dos, on n'a plus envie de l'enlever!

— Je te crois, mais je n'ai pas pu vérifier, il faut acheter un soin pour en avoir un et comme je suis très radine...

— Asseyez-vous! Manon, à ma gauche s'il vous plaît ma chère, je veux pouvoir vous peloter le genou à ma guise sous la table, je sais combien cela vous fait de l'effet.

Il n'a pas dit ça, je me suis seulement entendue le penser et j'ai imaginé qu'il m'avait entendue penser. J'étais finalement très *stone*. Comme Patsy était morte de faim, nous avons commandé nos repas. Tout le monde a opté pour du poisson, même moi qui n'en mange plus depuis des années. Nous étions à l'unisson, nos cœurs battaient la mesure, tralala, j'étais de super bonne humeur, trop même. J'ai avalé une bonne rasade de vin blanc et pris la main de Christian par-dessus les assiettes.

— Voici la mine épanouie d'un homme qui vient d'avoir un bon orgasme !

Christian n'a pas eu l'air d'aimer ma remarque, mais il a fait semblant de trouver ça drôle et de bon goût.

— Alors voici la mine heureuse d'une jeune femme qui a eu la même chance !

Patsy a gloussé et s'est trémoussée sur son siège, offrant à la vue les prémices de sa généreuse poitrine rebondie par le col de son peignoir entrouvert. Je me suis rincé l'œil, je sais tout de même apprécier ce que je n'ai pas.

— Ce qui signifie que nous sommes deux à n'avoir rien eu, mon pauvre Grégoire. Alors consolons-nous en trinquant aux laissés pour compte. Santé !

Nous avons entrechoqué nos verres en nous regardant dans les yeux à tour de rôle. Ceux de Christian n'auguraient rien de bon à mon endroit. J'ai senti son pied écraser le mien sous la table. Je l'ai rassuré par mon sourire rassurant — celui qui ne le rassure jamais — et nous avons commencé à discuter de choses et d'autres alors que tout ce dont j'avais envie, c'était de lire dans les pensées de

Grégoire. Je n'ai pas eu besoin d'attendre trop longtemps pour les connaître, car sa main s'est emparée de mon genou droit pour remonter sur ma cuisse. Ma «force de caractère» s'est entièrement dissoute, j'ai manqué de fondre en larmes. Il fallait que je parle pour reprendre mes sens et mon bon sens. Mais de quoi?

— Vous vouliez savoir pourquoi je peins des scènes de cafétéria?

— Enfin, la révélation!

— Tu es certaine que tu as envie de parler de ça maintenant, Manon?

— Pourquoi pas? C'est arrivé juste avant la session de cours que je suivais avec Grégoire, il n'y a pas de hasard! Les planètes sont bien alignées, il n'y a pas de pleine lune, le loup n'est pas encore garou, la robe de chambre est bien chambrée, *et cetera, et cetera.*

Christian a vidé sa coupe d'un trait, appréhendant la suite. Il sait que quand je fais «*et cetera, et cetera*» deux fois d'affilée, la locomotive est sur le point de dérailler. Grégoire, lui, ne demandait qu'à entendre mon histoire. Sa curiosité m'a stimulée, même si je n'avais besoin d'aucun encouragement. Je me sentais planer, j'étais pompette juste ce qu'il fallait.

— Cette histoire m'intéresse vivement, allez-y avant que nos poissons n'aient remonté le courant jusqu'à nos assiettes.

Patsy a éclaté de rire en posant des yeux adorateurs sur Grégoire. Je la trouvais très mignonne ainsi dévêtue, dévoilant sans pudeur un grain de peau parfait enluminé par un indubitable bronzage de cabine, rehaussant la blancheur sans faille de son cocon. C'est elle que j'ai regardée pendant que je racontais mon histoire.

— Mon père est mort en pleine cafétéria à Hampton Beach, où on était en vacances avant le début de ma première année de cégep.

Patsy a de nouveau gloussé.

— Non! C'est incroyable, pas vrai, oui?

Christian était découragé.

— Je ne vois pas ce qu'il y a de si drôle. Elle te dit que son père est mort et tu ris!

— C'est parce que mon père à moi aussi est mort! C'est incroyable, non? Il buvait comme un trou et il est entré dans la vitrine d'un restaurant avec sa voiture en revenant de la taverne après la fermeture, au petit matin, ce n'est pas incroyable? Un res-tau-rant! Et toi, c'est une ca-fé-té-ria! In-cro-ya-ble!

Grégoire s'est tourné vers moi et m'a encouragée à poursuivre. Sa main pesait une tonne sur ma cuisse.

— Je ne voulais plus prendre de vacances en famille, j'avais envie de rester en ville avec mes amis mais papa a insisté, il a dit que ce serait probablement nos dernières vacances ensemble maintenant que j'étais plus grande, alors j'ai accepté, pour lui faire plaisir. Il était vraiment content, je ne l'avais jamais vu aussi heureux avec maman et moi. Nous sommes donc allés à ce club de vacances sur le bord de la mer, un truc tout compris avec des repas immangeables mais c'est fou, on aimait ça quand même, vous voyez, on aurait mangé de la crotte de souris tant on goûtait plus le plaisir d'être ensemble que celui de la nourriture. Je pense qu'il devait pressentir quelque chose, parce qu'il était exceptionnellement drôle, présent, il me questionnait sur mes prochaines études, il s'intéressait à moi. Je crois que c'était la première fois de ma vie que je me sentais à l'aise avec lui, tu sais, comme tu sembles l'être dans ton peignoir, en sécurité, comme enrobée d'un bon tampon pour te protéger de l'extérieur. Mon père était ce peignoir, il m'entourait tout à coup du filet de sécurité dont une petite fille a besoin de la part de son père. Je sentais que je pouvais enfin commencer ma vie d'adulte, parce qu'il me donnait enfin l'attention qui m'était nécessaire pour terminer mon enfance. Je l'ai même entendu faire l'amour à ma mère à travers la cloison de ma chambre, je n'avais jamais entendu mes parents faire l'amour. Puis le lendemain, alors qu'on dînait de poisson médiocre, il s'est étouffé avec une méchante arête et personne n'a su quoi faire, vous vous rendez compte ? Une simple arête ! J'ai toujours pensé que c'était impossible ! Mais papa mangeait comme un rustre, il ne prenait jamais la peine de bien mâcher, il avalait tout rond. Je vais toujours me rappeler la scène, les tables, les gens, les comptoirs de la cafétéria qui se sont embrouillés dans ses yeux. Vous comprenez, c'était comme si je voyais à travers ses yeux! Quelques mois plus tard, j'ai commencé le cégep et j'ai connu Grégoire, qui avait l'âge de mon père ou presque, mais cela n'a rien à voir et voilà, c'est mon histoire, les poissons arrivent, il faut manger.

Nous avons fixé nos assiettes sans appétit. Personne ne savait ce qu'il convenait de dire, alors personne n'a rien dit. Il s'est créé un vide sous la main de Grégoire. Patsy décortiquait consciencieusement son poisson, par peur de s'enfiler une arête meurtrière par la gorge, et les autres en faisaient autant, sauf moi qui prenais les bouchées doubles. Mais le poisson était lisse, tendre, sans danger. Il s'est laissé manger sans faire d'histoire.

Après le souper que, grâce à Patsy, nous avons habilement reconverti en joute d'anecdotes sans importance et n'impliquant aucune émotion inutile, nous avons convenu de nous retrouver à la piscine. Les trois dames mijotaient encore dans le bain tourbillon, comme si elles y étaient en permanence, engagées pour faire une promotion. J'ai placé cette image dans un tiroir de ma mémoire, celui que j'ouvre à l'occasion quand je veux peindre autre chose, quand je peux peindre autre chose que mes fameuses cafétérias. Avec gentillesse, elles ont offert de nous céder la place, «avant d'être encore plus ratatinées que nous ne le sommes déjà!» Curieusement, je me sentais légère. J'avais mangé le poisson sans haut-le-cœur et mon esprit était dégagé de tout agrégat de pensée ennuyeuse. Le regard que je portais maintenant sur Grégoire avait revêtu une couleur différente, je le sentais affranchi de toute ambiguïté : je n'avais plus envie de sa main sur mon genou. Lui et Patsy formaient un couple tellement étrange ; là où la peau de l'homme plissait ou pendait autour de son maillot trop grand, celle de la fille était lisse et semblait surnaturelle, il n'y avait plus de possibilité de jugement esthétique. Les deux me paraissaient tout aussi irréels, mais peut-être cela venait-il du fait qu'ils se trouvaient côte à côte. Christian s'était laissé choir dans une chaise un peu à l'écart, il n'avait pas envie de tremper dans l'eau. Il s'est rapidement endormi, je pouvais l'entendre ronfler doucement et, alors que ce son m'irrite au plus haut point quand nous sommes au lit, je me sentais attendrie et je n'avais qu'un seul désir : me blottir contre lui, plus tard.

Christian ne m'avait jamais offert de garantie à long terme et ne pouvait m'assurer qu'il ne mourrait pas sans m'en avoir avertie deux jours avant, mais jamais il n'avait fermé ses bras quand j'avais eu besoin de lui. Il était présent jour après jour, peu importe la température de mon cycle d'humeurs. Il n'avait certes pas l'âge d'être mon père, mais par sa constance, il représentait ce que j'avais de plus sûr au monde, cette surface solide sur laquelle poser mes pieds qui me faisait souvent défaut. «Le problème, c'est que tu les essuies fréquemment sur moi!» Je faisais mon possible pour lui démontrer que je l'aimais, j'étais souvent maladroite, c'est tout. Jamais je ne lui enfoncerais mon pinceau dans le gosier comme je l'en menaçais souvent.

Après dix minutes de trempage silencieux, Patsy a commencé à bâiller si sérieusement que Grégoire lui a suggéré d'aller se coucher.

— Pas sans toi, mon doudou.

— Je te rejoins vite, ma douce. Je vais discuter un peu avec Manon.

— S'il te plaît, j'ai envie de me coller contre toi, je pense que j'ai attrapé un frisson.

— Ma pauvre petite, enfile ton peignoir avant de prendre froid.

Cela ne disait rien à la pauvre petite qu'il reste seul avec moi dans le bassin d'eau tiède, à moitié nu, chaperonné seulement par un dormeur.

— Je pense que nous devrions tous aller nous coucher. Christian, réveille-toi, il est temps de regagner nos chambres, la piscine va bientôt fermer.

Grégoire a semblé déçu. Je ne sais pas à quoi il s'attendait, à ce qu'on compare nos organes génitaux ou nos souvenirs de cégep, pour ma part rien de tout cela ne m'intéressait. Que Patsy reprenne son *sugar daddy*, j'avais seulement envie de me lover contre Christian, de m'envelopper de son odeur apaisante. En fait de couverture, ça damait le pion au peignoir.

J'ai dormi comme une bûche, chose rare. Christian voulait paresser une heure de plus. Je l'ai embrassé sur la tempe, mon endroit favori pour les baisers du matin, du fait qu'il est loin de la bouche, et je me suis levée en m'étirant. Des coups ont retenti à la porte. Je me suis enroulée dans mon paréo et, satisfaite du reflet que renvoyait le miroir de mon visage reposé, je suis allée ouvrir en pensant à l'homme-réglisse que je n'avais plus revu. Grégoire m'a souri, les traits de son visage soulignés par une espèce de lassitude. Il m'a tendu un peignoir.

— Tiens, prends-le. Je n'en ai plus besoin, on quitte l'hôtel ce matin. Je l'ai à peine porté.

— Non. Non-non-non. Vous allez avoir des ennuis. Les peignoirs sont seulement prêtés.

— Ça ne fait rien. Ils n'auront qu'à m'envoyer la facture s'ils en remarquent la disparition. Prends-le, ça me fait plaisir, je sais que tu te mourrais d'en avoir un, je me trompe ?

Ce type lisait dans les pensées. J'ai pris le peignoir en feignant l'indifférence et je l'ai plié sur mon bras, un peu mal à l'aise. J'espérais qu'il ne pose pas cette question :

— Est-ce qu'on se reverra ?

Mais il l'a fait.

— Je ne sais pas. Je ne pense pas que ce soit une bonne idée. Je ne sais pas, vraiment. Peut-être, un jour, par hasard.

— J'ai été content de te revoir. Tu as «bien grandi», tu as une sacrée «force de caractère»!

— Oui, vous pouvez le dire. Merci, pour le peignoir, je vais en faire un bon usage.

— J'en suis certain.

Il m'a embrassée plus que tendrement sur la joue en pressant mon épaule. J'avais l'impression que son baiser ne finirait jamais. J'ai suspendu ma respiration en percevant les relents fades qui émanaient de sa bouche, imaginant Patsy le contraignant à engouffrer un paquet entier de «Tourbillon de sept fruits». Puis, il a tapoté le peignoir que je serrais contre moi en me souriant d'une manière suffisante, comme s'il savait quelque chose que, de toute évidence, je ne savais pas. Il s'est éloigné en marchant lentement jusqu'au bout du corridor, où je l'ai vu se pencher. Il a renoué son lacet droit. J'ai refermé la porte et j'ai spontanément enfoui mon nez dans la ratine. Son odeur indéfinissable m'a soulevé le cœur. J'en ai fait une boulette et l'ai jetée sur le lit pour réveiller Christian.

— Non! Tu l'as fait! Tu l'as fait, ma voleuse!

— Imagine-toi donc que je n'ai pas eu besoin de passer à l'acte.

— Parce que tu étais prête à le faire, hein? Je le savais, je vais épouser une kleptomane.

— Épouser? Qu'est-ce que tu me dis là?

— Rien rien, je blaguais. D'où il vient, alors? Le gérant te l'a offert, je suppose?

— Non, c'est celui de Grégoire. Il partait ce matin, il me l'a donné, il l'a volé pour moi, autrement dit.

— Ouh, ça c'est un homme pour toi, un autre brigand! Tu ne le laveras pas pendant des mois! Tu vas te masturber dedans et avoir des orgasmes fulgurants, c'est garanti!

— Tu es en forme, ce matin. C'est quoi, cette histoire d'épousailles?

— Je te marierais bien, moi.

— D'accord, de retour en ville, allons au *Dollarama* et achetons-nous des bagues!

— C'est d'accord! Mais d'abord, dis-moi pourquoi tu as dit que ton père était mort étouffé par une arête de poisson? C'est absolument farfelu. Ce n'est pas le poisson qu'il mangeait qui l'a tué pendant votre dîner à Hampton Beach, c'est une crise cardiaque!

— Je sais, mais cela ne m'a pas empêchée d'être dégoûtée du poisson pendant 20 ans. Quand j'ai vu que vous en choisissiez tous pour souper, j'ai été perturbée, j'ai eu envie que vous mangiez sur les dents, ha! ha! Il y avait quelque chose dans l'air, tu comprends, que je me devais de saisir.

— Tu étais *stone* et soûle.

— Oui, mais ça n'a rien à voir. Je n'ai pas envie d'en parler pour l'instant, parce que je ne comprends pas vraiment de quoi il s'agit, mais ça va faire son chemin dans mon esprit, incuber lentement, tu sais comment je fonctionne.

— Eh! oui, je sais. Donc, tu n'es pas seulement kleptomane, tu es menteuse. Viens ici, toutes tes déviations m'excitent au plus haut point.

Après avoir fait l'amour comme des sardines, collés-collés l'un contre l'autre, Christian a décidé que notre dernière matinée serait mémorable côté gastronomie. Il m'a offert de déjeuner dans un petit resto situé dans le village, pas très loin de l'hôtel. Une fois nos valises bouclées, nous sommes allés régler la note à la réception. La réceptionniste nous a demandé si nous avions aimé notre séjour. Nous avons répondu non, mais nous avons ajouté que nous reviendrions peut-être. Elle a cru que nous faisions une bonne blague et s'est répandue en grimaces plaisantes en nous remettant la publicité de l'hôtel.

Nous nous sommes goinfrés comme des ours : omelettes, bacon, pain au levain, café délicieux et à volonté. Un fond sonore et bien tempéré de Bach nous caressait les oreilles, le serveur nous traitait comme des rois et Christian a réglé la facture. Après deux heures à arpenter un sentier isolé en forêt et à craindre les ours — «Nounoune, les ours hibernent en hiver!» — nous avons regagné l'hôtel. En plaçant mes bagages dans le coffre de la voiture, je m'attendais à ce que mon petit rasoir rose tombe à nouveau de mon sac, mais non. J'ai parfois de ces idées...

L'inspiration avait toujours été pour moi un phénomène abstrait dont je commençais tout juste à saisir les prémices. Je la voyais comme un arbre à fruits, ou plutôt comme le fruit de l'arbre. J'ai souvent forcé le fruit à mûrir plus vite qu'il ne le pouvait ; je me commettais alors en croûtes qui ne correspondaient pas du tout à mon intention, mais au moins, j'avais produit quelque chose. Le résultat s'avérait insatisfaisant, bien sûr, et je me retrouvais aussi frustrée que si je n'avais rien peint. Le fruit doit être totalement mûr avant d'être cueilli. Alors il se laisse prendre et apprécier, on n'a pas à le mâcher sans relâche de crainte qu'il soit indigeste. S'il est prêt, le processus s'accomplira naturellement, en douceur, presque sans effort.

J'ai passé les trois jours suivants habillée seulement du peignoir de Grégoire, enrobée de son parfum indescriptible qui s'est peu à peu dissipé pour ne laisser aucune trace. Christian a d'abord tiqué, mais il a eu la délicatesse de ne pas me harceler de questions ou de commentaires. Il me connaît, il me respecte. Ainsi vêtue, j'ai tourné, tourné autour de mon chevalet sur lequel reposait cette toile plus grande que mon inspiration, une toute petite toile, pourtant. Rien ne venait à mon esprit, aucun coup de tonnerre ne signalait l'arrivée d'une franche illumination. J'ai décidé de m'extraire de cette peau douce que j'avais tant convoitée mais qui ne me disait plus rien, pour revêtir mes propres vêtements. Je l'ai abandonnée dans un coin de la pièce en n'y pensant plus. Christian partait travailler le matin et me laissait au lit, sachant très bien qu'il valait mieux s'abstenir de me donner des conseils quant à la façon dont je devrais vivre mes derniers jours de congé. Il m'avait déjà vue ainsi, débobinée, errer d'une pièce à l'autre sans mot dire, soulever un objet, l'examiner puis le remettre en place, déçue qu'il ne m'ait transmis aucun savoir précieux, manger à peine ou alors devenir boulimique. Il pouvait vivre avec ça, bien mieux que moi. Sinon, il proposait une idée farfelue pour alléger les miennes, une partie de bowling, une virée au parc d'attractions — «on ne se sent pas coupable de tourner en rond, dans une grande roue!» — ou, sa dernière trouvaille, un séjour dans un spa.

Au cinquième jour, alors que le soleil baignait mon atelier et que j'avais décidé de ranger un peu, mon regard a été attiré par le peignoir qui gisait sur le sol. Je l'ai empoigné et l'ai trituré un moment dans tous les sens avant de comprendre ce que je devais en faire.

J'ai construit un nouveau faux cadre, sur lequel j'ai broché le peignoir tel un canevas, laissant pendre de chaque côté les manches et le col; je verrais plus tard s'il y avait lieu de les conserver. En farfouillant dans une boîte décatie où je conservais les images de mon enfance, j'ai trouvé ce que je désirais : la dernière photo que j'avais prise de mon père, un gros plan de son visage, derrière lequel se découpaient les comptoirs de la cafétéria de Hampton Beach. À l'encre de Chine, en quelques traits nets et sans fioritures, j'ai reproduit le visage de papa sur la ratine. Pendant un moment, en comparant la photo et ma peinture, je me suis sentie la proie de sentiments contradictoires. Finalement, après avoir grossièrement sculpté le manche de mon pinceau avec mes dents comme un castor anxieux, j'ai pris la décision de renoncer au décor de cafétéria. Presque sans effort.

Papa souriait dans tout ce blanc immaculé, c'était le visage angélique d'un homme heureux, un visage qui exhalait le confort. J'avais réussi. Quelque chose. Je me suis assise en petit sauvage devant ma toile inusitée, attendant que l'encre sèche. Je me sentais bien, je respirais profondément en contemplant papa sur son nuage de ratine. Puis j'ai enfilé les bras de la robe de chambre et j'ai serré la toile contre mon cœur. Elle semblait toute chaude.

LE MOUSTIQUE ERRE

Vous avez besoin de silence, de solitude, de retrouver votre famille intérieure, celle qui ne vous réveille pas à 8 h 30 tous les dimanches matin pour vous obliger à venir *bruncher* dans un endroit bruyant et enfumé. Vous avez envie de ne *bruncher* qu'avec vous, de ne faire qu'un avec votre déjeuner dominical, pour une fois. De pouvoir le digérer normalement. La campagne est la solution tout indiquée à votre besoin. La fuite rurale. Vous appelez votre amie Rachel ; son chalet est toujours à votre disposition pour presque rien et parfois un peu plus. Libre en ce temps de l'année où la campagne rebute, parce que tout le monde tient à sa peau. En effet, qui, à part vous, ne craint pas de se faire attaquer par des armées de maringouins prêts à risquer la leur, de peau, pour quelques gouttes de bon sang urbain ? Mais que sont quelques mini-moustiques, comparés à une fin de semaine de paix totale ? Ni téléphone, ni télévision, ni Internet, l'absence complète de moyens de communication avec l'extérieur, aucune possibilité que votre entourage vienne perturber votre retraite ; le retour aux sources, au primitif en vous, en quelque sorte.

Vous entassez quelques vêtements dans un sac, ceux que vous ne portez que lorsque vous êtes certaine qu'aucun individu digne de vous intéresser ne croisera votre chemin, des trucs déformés, lâches, sans attrait. Lorsque vous êtes vêtue de ces guenilles, un Daniel Boone désœuvré à la recherche de sa Donalda ne vous remarquerait pas, même si vous lui marchiez sur le mocassin, et c'est parfait ainsi.

Trop fatiguée pour contredire les arguments-chocs de votre mère, vous emportez finalement le petit radiocassette qu'elle vous a convaincue d'accepter. Elle est tracassée à l'idée de vous savoir seule dans le bois (comme si le seul fait d'emporter une radio peuplera le chalet de visites d'occasion dont vous pourrez vous débarrasser en appuyant sur un bouton). « Il ne faut pas te couper ainsi du monde. On ne sait jamais ce qui peut arriver ! » Bien entendu, la planète urbaine pourrait exploser pendant votre séjour : autant savoir s'il est préférable de demeurer sur place plutôt que de rentrer en ville. Et puis le scandale des commandites et ses tenants et aboutissants ne peuvent pas se passer de vous, de vos grognements désapprobateurs, de vos soupirs excédés. « Tu vas devenir folle, si tu n'entends que ta respiration pendant une fin de semaine entière ! » « J'ai un acouphène, maman, je ne suis jamais dans le silence total, avec mon petit bourdonnement interne. » «Ce n'est pas suffisant, il te faut plus de bourdonnements ! »

Votre amie Rachel semble partager l'avis de votre mère, elles sont comme cul et chemise, ventre et nombril, dents et caries. Elle vous propose une petite compagnie tranquille, son chat, un vieux Pichou déformé, lâche et sans attrait. Elle ne se rendra pas compte de son absence alors que vous, vous ne pourrez manquer de remarquer sa présence, vous dit-elle pour vous amadouer. Pendant que vous roulez en pensant devenir folle, perdre l'ouïe ou augmenter d'un cran votre acouphène, mitraillée par les miaulements de terreur du chat, vous vous demandez encore ce qu'elle voulait dire. Vous mettez une cassette de Johnny Cash en imaginant qu'il possède des propriétés calmantes, en vain. Pour enterrer les miaous lancinants et incessants du chat, il faudrait Metallica ou Céline Dion, et vous n'avez pas envie de tripoter le bouton à la recherche d'une chaîne qui passe ces choses insolites. Déjà que vous devez vous concentrer pour ne pas perdre le fil de la route que vous connaissez mal. De désespoir, vous vous mettez à miauler à votre tour, ce qui semble calmer l'animal pour un petit moment.

Vous êtes accueillie à votre arrivée par un mur compact de maringouins dont le *bzzzzz* paraît quasiment doux à vos oreilles, après le concert de miaous disjonctés qui vous a accompagnée tout du long. Vous faites descendre le chat avant vous, en espérant que les insectes se rueront sur lui pendant que vous aurez le temps de vous rendre à la porte, ni vue ni connue d'aucun de ces vampires. Peu vous importe que le chat soit vidé de son sang : après le traitement qu'il vous a fait subir durant l'heure et demie du trajet, vous êtes prête à le sacrifier sans remords et à raconter à Rachel qu'il s'est fait dévorer par un million de bêtes sauvages, n'importe quoi, de toute façon elle est supposée ne pas remarquer son existence, ni son absence.

Le temps de repérer la bonne clé — qui s'apparente évidemment à toutes les autres de votre porte-clés —, de l'insérer dans la serrure, d'ouvrir la porte, de vous débarrasser de vos sacs et de refermer la porte moustiquaire, vous ressemblez à un porte-furoncles. Les enflures sont épaisses et vastes, de grandes plaques blanches qui s'étendent et se rejoignent entre elles comme pour célébrer une nouvelle amitié. Vous vous sentez telle une plage de sable recouverte de galets. Le chat gratte dans la moustiquaire en menaçant de la lacérer ; si vous n'ouvrez pas immédiatement, ses griffes y pratiqueront de tels trous que vous pourrez dire adieu à ce qui est demeuré intact sur votre corps. À contrecœur, vous le faites entrer, il prend son temps, quelques autres visiteurs en profitent, que vous vous empressez d'assassiner avec un degré de satisfaction sauvage qui vous surprend, vous qui êtes en général si pacifiste.

Le chat prend immédiatement possession du meilleur fauteuil, celui qui berce en produisant un réconfortant bruit de ressorts. Vous le détestez, ce chat, qu'est-ce qui vous a pris d'accepter l'offre de Rachel ? Elle ne pouvait pas ignorer qu'il accaparerait votre fauteuil favori, il fait la même chose avec le sien à la maison. Pendant qu'elle pourra profiter de son La-Z-Boy chez elle, devant sa grosse télé, vous devrez vous contenter d'une chaise de cuisine et de la «radio-canisse» de votre mère. Mais n'est-ce pas pour vivre la vie simple, rustique et paisible que vous avez quitté le confort de la ville ? Oui.

Heureusement, vous avez prévu une abondance de délices, que vous rangez en imaginant une stratégie pour déloger le chat avant qu'il ne s'imagine que ce fauteuil lui appartient. Il pourrait très bien passer la fin de semaine à l'extérieur, avec ses amies les bêtes. En un rien de temps, il se ferait des copains qui lui offriraient des nids confortables lui convenant bien mieux, vu sa condition animale, qu'un fauteuil berçant dont il n'utilise même pas la principale qualité. Vous ouvrez avec enthousiasme le paquet flambant neuf de Régals à la menthe au chocolat noir Le Choix du Président (friandise faite de vrai chocolat noir et d'huile de menthe poivrée véritable) et en savourez un lentement, le laissant fondre sur votre langue en vous grattant les poignets, les avant-bras, les mollets, les chevilles, le cuir chevelu, les oreilles, le front et la tempe droite.

Avant de voiler le miroir, vous vous risquez à observer les ravages sur votre épiderme, coquetterie oblige. La face externe de votre œil droit est entièrement déformée par une gigantesque boursouflure, ainsi que le côté gauche de votre front, juste au-dessus du sourcil, de même que les lobes de vos deux oreilles, au point de vous faire ressembler à l'Homme Éléphant, vedette de votre film préféré, certes, mais pas au point d'avoir envie de ressembler au protagoniste. Vous punaisez votre châle autour du miroir en disant adieu à ce qu'il reste de vous.

On cogne à la porte, on dit «Hou-hou! Il y a quelqu'un?» et vous paniquez. Vous vous emparez d'un chapeau de paille pittoresque qui traîne sur la table du salon et vous l'enfoncez jusqu'aux chevilles, avant de vous diriger vers le «hou-hou». Une dame qui doit bien approcher les 150 ans agite une menotte aux doigts ornés de bagues multiples et très décoratives. Elle est recouverte d'une sorte de survêtement en moustiquaire visiblement fait main et sa tête est joliment surplombée d'un chapeau semblable au vôtre, sauf qu'une bande de grillage le termine et retombe sur son visage, ce qui ne vous empêche pas de pouvoir compter 150 profondes rides qui témoignent de son âge vénérable. Elle est mignonne à croquer; dommage pour les maringouins qu'elle soit si bien équipée. Elle dit: «Vous venez d'arriver? Vous êtes une amie de Rachel?

Nous nous sommes déjà rencontrées, il me semble, non? Vous vous êtes munie de protection contre les moustiques? Sinon, j'en ai à la maison, je peux vous en apporter.» Vous répondez: «Oui, oui, oui, oui, non, merci.» Elle vous offre d'entrer et vous lui offrez de plutôt rester dehors, poliment, prétextant que vous venez justement d'arriver, que vous êtes épuisée, morte affamée et qu'il vous faut ranger des tas de choses. Elle dit: «Je suis dans le chalet juste à côté. Si vous avez besoin de quoi que ce soit, ne vous gênez pas. Ça ne vous dérange pas que je repasse vous voir plus tard? Vous restez seulement pour le week-end?» Vous ne vous sentez pas obligée de répondre à cette question, ni à la précédente, et vous vous hâtez de la congédier avec la plus grande délicatesse, en lui claquant la porte double au nez. Vous n'êtes pas venue jusqu'ici pour faire de l'accompagnement ni de l'écoute active. Si vous avez envie de cela, pas besoin de parcourir tant de kilomètres, vous n'avez qu'à aller chez votre mère à deux pas de chez vous. Il vous tarde de faire l'expérience zen du silence absolu, de ne plus avoir à parler, à répondre de quoi que ce soit.

Votre première activité avant de vous coucher consiste à chercher des activités à faire avant de vous coucher. Vous n'avez pas la tête aux mots croisés, ni à la lecture, ni à écouter *Portes ouvertes* à Radio-Canada, de peur d'attirer les maringouins du dehors vers le dedans; alors vous sucez quelques chocolats à la menthe en écoutant l'absence de bruit. C'est fou comme votre acouphène, ce son de vague indélébile sur lequel vous avez fini par surfer au lieu de le combattre, accapare l'espace entier dans tout ce silence. Vous faites l'exercice de vous relaxer, de mettre le son hors de votre crâne et de l'envoyer dans celui du chat. Bien entendu, ça ne marche pas et vous allez vous coucher alors qu'il fait encore clair dehors.

Vous êtes réveillée par un «hou-hou» tout joyeux. Vous criez: «Je suis encore couchée!» mais elle n'entend pas et répète son joyeux «hou-hou». En traînant de la savate, vêtue d'une robe de chambre à pois tout effilochée (œuvre féline) qui appartient à Rachel, vous allez ouvrir la porte double en pensant qu'elle a du coffre, la petite vieille, pour que son «hou-hou» ait pénétré l'épaisseur des portes et des murs alors que votre «Je suis encore couchée» s'est englouti dans l'oreiller de plumes. Elle tient une assiette craquelée sur laquelle sont posés deux muffins fumants, de gros agrégats difformes mais pétris avec une bonne intention, alors vous la faites entrer en prenant soin de ne pas laisser suivre de visiteurs inopportuns. Votre peau a presque repris son aspect normal, elle évoque maintenant une œuvre pointilliste à couleur unique, un rouge légèrement luisant qui se marie bien avec les pois roses du peignoir. Madame Larouche, comme elle s'appelle, vante les mérites laxatifs de ses muffins

ultra-son et ultra-graines de lin. «J'ai survécu jusqu'à cet âge grâce à des intestins qui fonctionnent
comme sur des roulettes. Le son, mon enfant, la
graine de lin, n'oubliez pas.» Vous lui offrez un café,
qu'elle refuse, à votre grand soulagement. Elle doit
aller tondre sa pelouse, car son mari arthritique
lui laisse tout le gros ouvrage. «Grâce au son, je
peux encore tondre la pelouse.» Vous la remerciez
pour ses muffins et ses conseils et la poussez vers
la sortie. Pendant les deux heures suivantes, vous
grignotez ses muffins au son d'une tondeuse endia-
blée et le son de vos pets au son se fond dans cette
symphonie rurale. Vous cherchez vos bouchons pour
les oreilles dans votre petit sac de produits hygié-
niques, mais vous n'en trouvez qu'un, que vous
coupez en deux et enfouissez au plus profond de
vos conduits auditifs.

Comme vous adorez vous vêtir de vêtements adap-
tés à la vie campagnarde en mai, mois de naissance
de milliers d'adorables petits poupons piquants,
vous vous enrobez d'une affreuse tunique longue
dénichée dans une penderie. Les motifs du tissu
évoquent une odoriférante jungle tropicale en trois
dimensions. Vous frémissez en pensant que vous
représenterez un attrait sans pareil pour la popu-
lation affamée qui attend sûrement votre sortie,
cordée à la queue leu leu tout le long du chemin
menant à la route, les petits fringants d'abord, les
plus vieux à la fin. Avec une pensée pour les femmes

musulmanes, vous vous extirpez de la tunique et optez pour des vêtements plus traditionnels, pantalon que vous engouffrez dans vos bas, chandail à manches longues qui vous couvre jusqu'au bout des doigts. Vous enduisez de citronnelle ce qui reste de peau vulnérable et vous vous coiffez du chapeau de paille. Il n'y a pas de place pour la fierté dans la campagne du Québec lors de conditions pareilles, surtout que rien ne bouge à l'extérieur, à part une tondeuse hystérique et des moustiques du même acabit. Vous déposez une menthe chocolatée sur votre langue et comme un guerrier prêt à affronter l'ennemi, vous poussez la porte moustiquaire derrière laquelle le chat vous attend en trépignant. Il rentre comme une furie. C'est normal, vous l'avez «oublié» dehors toute la nuit.

Ça ne va pas, pas du tout, quelque chose cloche dans votre destinée. Vous êtes venue jusqu'ici pour vous enduire de solitude, et voilà que la petite vieille et son mari vous font signe de les rejoindre sur la pelouse fraîchement taillée, en brandissant une bouteille de pulvérisateur à insectes comme s'il s'agissait d'un objet émoustillant. Ils ont installé trois sièges de plastique blanc et une petite table, sur laquelle trônent un pichet d'un liquide jaunâtre et d'autres produits alimentaires d'une espèce dont vous ne pouvez deviner le genre, vu la distance — distance que vous comptez bien respecter. Vous faites semblant de ne pas les avoir vus et bifurquez en direction opposée, vers la route principale. La culpabilité vous assaille immédiatement, mais ce sentiment malsain est interrompu par une voiture qui roule vers vous à une vitesse anormale. Il doit s'agir d'une urgence, on ne conduit pas aussi vite sur une petite route de campagne. Vous vous repliez sur le bord de la route, mais pas assez : vous êtes instantanément recouverte d'une fine pellicule de poussière, jusque sur la langue. Le jeune conducteur, un dérivé de *hillbilly* aux cheveux hirsutes, vous tire la langue en klaxonnant plus fort qu'il ne le faut pour vous percer le tympan. Vous dardez vers lui un regard furibond en lui montrant un doigt d'honneur, malgré votre crainte de potentielles représailles, qu'il vous recule dessus, par exemple. Ce faisant, vous remarquez une affichette « bébé à bord » sur le pare-brise arrière ; vous concluez qu'il s'agit assurément du chauffeur.

Votre intention de faire le vide s'avérant sabotée, d'autant plus que vous avez la sensation que votre oreille interne a absorbé le klaxon, puisque le bruit persiste dans votre crâne, vous rebroussez chemin en envisageant une stratégie pour contourner les voisins. Vous galopez pour fuir les nuées de maringouins armés jusqu'aux dents, qui s'obstinent à vous voir comme un petit gâteau des anges pour insectes, malgré la couche de citronnelle qui vous recouvre (depuis le temps, ils ont fini par en aimer le goût, pensez-vous) et vous foncez à travers les haies de cèdres qui entourent la maison de l'autre voisin, celui qui a eu l'excellente idée de rester en ville. Vos pieds se retrouvent pris dans un bain de terre boueuse dont vous avez du mal à vous extirper et, le temps de vous libérer de ces sables mouvants, vous avez détruit la moitié de la haie. Le voisin que vous croyiez absent émerge de son chalet et vous demande ce que vous faites là. Vous dites que vous êtes désolée, que vous vouliez prendre un raccourci et vous tentez de remettre la haie en ordre en la tapotant comme une vieille dame tapote sa coiffure. Heureusement, le voisin est aimable, un vieux monsieur qui en a vu de plus cinglés que vous et dont la haie semble le dernier des soucis. Il habite cette maison depuis des années, sa femme est morte depuis des années, il n'a pas eu de compagnie depuis des années, pensez-vous, et il vous offre une limonade en triturant une longue corde qui ressemble à une laisse pour pratique sado-masochiste. La limonade doit être la boisson nationale dans ce rang de campagne et la corde, vous vous demandez bien. Vous refusez en lui disant que vous êtes venue pour une retraite de silence et il a l'air de la trouver bien bonne. Il vous laisse toutefois regagner le sentier sans essayer de vous attraper au lasso et il vous semble l'entendre encore se bidonner tandis qu'il réintègre sa maison.

Une fois chez vous, en sécurité, vous faites couler l'eau du robinet pour vous désaltérer, mais surtout pour déloger la poussière d'entre vos dents et vous apercevez le voisin, toujours ricanant, qui vous épie d'une petite fenêtre qui donne juste en face de la vôtre au-dessus du lavabo. Vous tirez discrètement le rideau de dentelle — piètre protection avec ses nombreux trous plus grands que vos yeux — en vous disant que cette campagne recèle son lot de timbrés.

Alors que vous décidez de faire un peu de lecture boulimique en compagnie de vos chocolats mentholés, vous percevez un petit bruit bien connu, un *bzzzzz* persistant qui vient de quelque part autour. Vous choisissez de l'ignorer, vous l'aurez bien assez vite, ce petit vampire qui vous traque et fera tout en son pouvoir pour vous saigner, s'il ne veut pas mourir de faim. Bien entendu, sa témérité sera punie de mort, mais les maringouins ne doivent pas connaître cet important détail sinon, imaginez-vous, ils suceraient autre chose, de la limonade, par exemple. En prenant bien soin de ne pas vous montrer trop gentille avec le chat, vous l'envoyez promener hors du fauteuil berçant. Vous nettoyez la surface veloutée des poils noirs et blancs et vous vous plongez dans la lecture d'*Antéchrista*. Amélie Nothomb vous tient en haleine du début à la fin, deux heures durant; la malchance de Blanche aux prises avec la diabolique Christa, dont elle ne peut se défaire et qui l'envahit de plus en plus, vous touche et vous interpelle. Vous en oubliez presque le *bzzzzz* qui continue de tracer des sillons dans votre conduit auditif mais, bizarrement, toujours pas de trace de l'interprète. Vous posez votre livre dans le but de trouver le petit malin. Le chat va aussitôt se vautrer dans la chaleur qu'a laissée votre postérieur. C'est trop fou, le *bzzzzz* vous poursuit, mais son protagoniste, non; elle est rusée, la bête, elle connaît l'art de la dissimulation et de plus, elle a autant de coffre que la voisine pour se faire entendre d'aussi loin. Car vous présumez qu'elle est à plus d'un mètre de vous, sinon vous l'apercevriez. Tant pis, laissons-la vivre ou venir, il y a mieux à faire. Genre rien.

Il est difficile de renoncer à faire quelque chose à tout prix, c'est la conclusion qui vient à votre esprit alors que vous tournez en rond en cherchant une activité. Puisque aller dehors est exclu, vu les bataillons perforants qui n'attendent que vous pour se goinfrer, puisque vous n'avez pas envie de vous crémer à nouveau de citronnelle et que vous avez refusé la compagnie des gens avoisinants, il ne reste que vous et juste vous. Et le chat. Il n'est pas trop tard pour devenir son amie. Mais il vous voit venir et il tient à son fauteuil; vous lisez une menace par la fente de ses yeux, des yeux de démon prêt à se battre pour conserver sa priorité sur le divan, alors vous laissez faire. Vous vous étendez à même le sol et ce contact dur et frais vous calme. Vous entreprenez un exercice de relaxation

reconnu, celui qui vous oblige à réviser les diffé-
rentes parties de votre corps, des orteils à la tête,
pour les faire passer de béton à guimauve. Comment
se relaxer avec ce vrombissement qui ne vous
laisse aucun répit ? Vous ouvrez les yeux : rien, pas
la moindre tache frétillante s'agitant autour de votre
tête. Vous refermez les yeux, vous les rouvrez,
vous les refermez puis vous bouchez vos oreilles :
le bruit est toujours présent, *bzzzz, bzzzzz, bzzzzzzz*,
il couvre votre autre acouphène, prend un nouvel
espace dans votre boîte crânienne. Comment cela
est-il possible ? Comment votre oreille interne, ou
votre mémoire, peu importe, ont-elles pu intégrer
ce son au point qu'il occupe maintenant la presque
totalité de votre environnement sonore ? Non, c'est
un pur produit de votre imagination, c'est certain,
d'autant plus que vous n'êtes ici que depuis un seul
jour. La diversion que crée le joyeux « hou-hou » fami-
lier est presque bienvenue. Vous vous levez d'un bond
et foncez vers la porte double. Vous l'ouvrez et derrière la porte moustiquaire se tient un immense moustique habillé d'une robe faite à la main, fleurie,
toute féminine. Son immense dard, long et acéré,
perce la moustiquaire et se fiche adroitement dans
votre cou. Vous vous réveillez en sursaut, le cœur
battant à tout rompre et le dos perclus de courba-
tures. Vous êtes trop maigre pour les surfaces dures.

En vous massant les vertèbres, le cou et les
oreilles, vous farfouillez dans toutes les garde-robes

à la recherche de quelque chose qui vous change les idées, un secret que Rachel ne vous a jamais confié, par exemple, une chose qui changerait le cours des choses et vous ferait oublier les choses en cours. Le seul objet inusité que vous trouvez est une trompette ; vous ne saviez pas qu'elle jouait de cet instrument. Ça a l'air simple, il n'y a presque pas de pistons ! En soufflant dans l'embout, vous visualisez, pour vous inspirer, les joues démesurément joufflues de Dizzie Gillespie, mais cela ne suffit pas pour produire un son qui se vaille. Un canard laryngectomisé ferait mieux. Après 15 minutes de cet exercice éreintant qui ne mène à rien d'autre qu'à vous déprimer et vous déformer les bajoues, vous entendez un son, mais pas celui que vous souhaiteriez, puisqu'il émane de l'extérieur : Mario Pelchat se plaint de la pluie, entouré d'autres bruits, des voix aiguës, des rires, des moteurs de voiture, des objets qui s'entrechoquent. En espérant ne pas être repérée, vous ajustez vos yeux aux trous du rideau de dentelle. Ce que vous voyez vous terrasse : le voisin ricanant est en pleines agapes — ou peut-être n'en est-ce que le début. Des gens s'embrassent et s'étreignent, certains sont habillés pour survivre aux attaques de moustiques, d'autres s'échangent des flacons de citronnelle, dont ils s'enduisent à qui mieux mieux. La grande table occupe la presque totalité de l'abri moustiquaire au centre du terrain gazonné et se couvre peu à peu de plats cuisinés, de bouteilles de vin, de montagnes de denrées plus ou moins comestibles. Il faut bien le dire : tout cela vous fait envie.

Marie-Denise Pelletier relaie Mario et se met à chanter Noël, cela vous achève. Il vous faut absolument arriver à tirer un son de cette fichue trompette, vous rêvez d'en jouer depuis toujours, c'est-à-dire depuis une demi-heure. Vous avez pourtant eu un A en deuxième année à l'examen de flûte à bec, une trompette ne peut pas représenter tellement plus de difficultés. Vous reconnaissez qu'il ne semble toutefois pas exister de grand maître de flûte à bec comme il en existe pour la trompette, à moins que vous ne soyez toujours passée à côté ? La question mérite réflexion. Vous vous remettez à vos tentatives, bon sang, faut-il que vous n'ayez rien à faire de mieux, mais l'idée de vous venger en montrant que vous avez droit à votre part de campagne vous tenaille. Vous n'êtes pas venue pour faire la guerre, mais qu'à cela ne tienne : vous la ferez, aussi bruyante doive-t-elle être. Votre rage et votre obstination finissent par porter fruit : au bout d'une heure à vous estropier les babines et à augmenter le format de vos joues, vous sortez finalement votre premier son, un timide croassement de trois décibels. C'est nettement insuffisant pour prendre votre place dans le chaos ambiant. Une flûte cartonnée d'anniversaire serait plus efficace. Le découragement s'empare de vous. Vous enfouissez vos demi-bouchons dans vos oreilles et vous vous affalez à côté du chat qui s'étire en se réinstallant à moitié sur vos cuisses.

Alors que les bruits de musique et de conversations vous parviennent dans une clameur assourdie, que le couinement de la berceuse crée un rythme régulier par-dessus, le *bzzzzz* qui drape ces sons vous obnubile. C'est trop étrange. Il n'y a pas un moustique dans le chalet, vous en êtes certaine. C'est donc qu'il se trouve dans votre tête, et ça, c'est nettement moins drôle. À force de combattre tous les bruits, de ne plus en tolérer un seul, à la ville comme à la campagne, vous vous en seriez forgé un deuxième à demeure ? Pitié !

La soirée se déroule platement, tandis que la visite finit par foutre le camp et rendre à l'environnement un silence mérité. Vous avez avalé un deuxième bouquin d'Amélie Nothomb et, comme la narratrice du haut de son building au Japon, vous auriez envie de vous défenestrer, mais c'est sans compter que votre chalet n'est pas un immeuble de 100 étages et qu'au Japon, les maringouins n'encerclent pas les bâtiments mur à mur.

La fuite, quelle qu'elle soit, ne règle rien, surtout si le refuge que vous choisissez n'est pas le bon. Vous êtes réveillée cette fois-ci par des voix, reconnaissables entre toutes. Ces voix sont tellement heureuses de vous faire cette surprise : « Avoue que tu ne t'y attendais pas ! On s'est consultés hier soir et on a décidé qu'on ne pouvait pas te laisser seule pour notre déjeuner du dimanche! Mon Dieu, ce qu'il y a des maringouins, tu aurais mieux fait de rester en ville, tu t'es vu la figure? Aller aussi loin pour se faire manger tout rond, ma foi, je ne te comprendrai jamais!» Vos mère, sœur, beau-frère, frère, neveu et nièce, tribu formée d'un seul corps mais de 24 membres indissociables, envahissent la cuisine où ils répandent des amoncellements de victuailles. Ils les rangent dans le frigo ou les disposent sur la table, puis vous embrassent en évitant vos rougeurs, comme si elles étaient contagieuses. Vous capitulez devant leur enthousiasme, que pouvez-vous faire d'autre? Ils ne peuvent pas se passer les uns des autres, ni se passer de vous. En mâchant votre croissant à la pâte de mastic, vous les imaginez ligotés à des troncs d'arbres avec les laisses du voisin ricanant et en train de se faire dévorer jusqu'aux os par les moustiques, puis vous vous imaginez offrant leur carcasse à madame Larouche pour qu'elle en tire un bouillon nutritif qui lui permettra de passer la tondeuse jusqu'à 200 ans. Les yeux dans le vague, vous attrapez des bribes de conversation où il est question de votre tendance à l'enfermement, de votre errance qu'ils qualifient de sans queue ni tête et à laquelle ils ne comprennent rien, de votre goût pour l'isolement. «Maman, je ne suis plus seule, j'ai un moustique dans la tête.» «Ce n'est pas suffisant, il te faut plus de moustiques!» Tout le monde éclate de rire en exhibant le contenu de sa bouche, sauf vous. Mais personne ne le remarque.

TENDRES TENDONS

Dimanche matin. Mon copain insistait pour qu'on se prélasse au lit, café-journal-bisou-bisou-banane, mais la fonte de mes gras super saturés était tout ce qui m'importait en ce jour béni du bon Dieu. La veille au soir pourtant, en me goinfrant de merguez, de frites et un peu soûle de bière, j'avais critiqué à grand renfort de qualificatifs (monstrueux, inutile, arrogant, anti-décoratif, anti-feng-shui, anti-érotique, support à poussière, repousse-bedon, etc.), le nouvel exerciseur qu'il avait logé dans sa salle de lavage, juste à côté de la litière de son chat, une litière oubliée depuis 1 000 cacas. À mon réveil, je rotais les merguez et j'éprouvais le vague sentiment d'avoir engraissé pendant mon sommeil. Travailler pour faire fondre quelques onces de gras et gagner quelques micro-milligrammes de muscles se révélait donc d'une urgence incontournable.

J'ai bu à petites gorgées une tasse d'eau bouillie en massant la merguez coincée dans mon tube digestif pour la déloger et j'ai laissé Patrice préparer son rituel sacré et calorifique des jours de congé.

Il a étalé son cahier des sports sur la table de la cuisine entre les croissants au beurre, la confiture trois-sucres, le fromage à la crème et une tonne de bananes et, en épluchant l'une d'entre elles avec affection, il a commencé à me narguer. «Tiens tiens tiens, qui donc me cassait les oreilles, hier soir, pour me convaincre qu'au lieu de m'exposer à des tendinites et de perdre mon temps sur le... comment tu l'as appelé?... l'*Exterminator* de graisse, je devrais accepter avec sérénité de devenir enrobé? Tu ne serais pas mieux, toi, d'opter pour une petite liposuccion au lieu de risquer un infarctus, ma petite merguez chérie?»

Je l'ai ignoré pour tenter de composer un ensemble qui se rapprocherait un tant soit peu d'une tenue de sport, même bas de gamme, avec les quelques morceaux de vêtements que je laissais dans ses tiroirs. Je n'ai rien déniché qui me ferait ressembler à Josée Lavigueur dans sa vidéo *Raffermissez votre poche de kangourou en trois ans*, alors j'ai dû couvrir mes fesses d'un boxer fleuri et mon soutien-gorge rose à balconnets d'une camisole décolorée et presque translucide. J'en ai profité pour mettre de l'ordre dans les tiroirs de Patrice. Il n'a aucun sens du rangement, tout était mélangé, les sous-vêtements, les bas, les t-shirts, les condoms. Cela m'étonnait qu'il ne se retrouve pas avec un caleçon autour du torse quand il s'habillait le matin, encore endormi.

— Ouah! La super sportive! Viens que je te croque!

— Pas de commentaires s'il vous plaît, on est sérieux ici, on commence son entraînement. Viens m'expliquer la console, que je t'en mette plein la vue, mon gros.

— Tu m'en mets déjà plein la vue. Dis donc, c'est mignon, ce petit bustier sous cette vieille guenille!

— Bas les pattes, c'est tout ce que j'ai. La semaine prochaine, j'arrive avec une valise pleine. Tu me lacerais mes espadrilles, s'il te plaît? J'ai du mal à me pencher à cause de tout ce que tu m'as fait ingurgiter hier soir.

— Ça commence bien. Tu vas vraiment porter ces vieux trucs mous? Tu vas t'esquinter les chevilles!

— Tu veux que je t'esquinte quelque chose, moi?

— Va faire quelques étirements, au moins, c'est primordial que tu réchauffes tes muscles, vu l'état lamentable dans lequel tu es.

— Il n'y a rien à réchauffer, lamentable toi-même. Lace et tais-toi. Je n'ai plus de temps à perdre, j'ai plus de bedon que toi depuis ce matin, pas question que tu sois le seul à t'entraîner. Il faut que je dépasse le maître.

— J'aime que tu m'appelles «maître». Tu devrais le faire plus souvent.

Je suis montée sur les étriers et j'ai commencé à skier instinctivement, de reculons. Ça allait tout seul, je glissais de manière totalement fluide, mais de reculons. J'ai fait comme si c'était normal.

— C'est par en avant qu'il faut aller, pas par en arrière, comme tu fais sans arrêt dans ta vie.

— Arrête de faire le fin finaud. Programme une routine qui ne me tue pas et retourne dans la cuisine te brunir les dents avec ton café-cambouis et t'enfiler ton régime de bananes. Tu ne pourrais pas manger des pommes, comme tout le monde? Ça m'étonne que tes étrons ne sortent pas enveloppés d'une pelure jaune.

— Ça m'étonne que ta langue accepte de suivre ton cerveau et de dire autant de bêtises. À sa place, je me suiciderais en m'éjectant de ta bouche. Bon, il faudrait que j'ajuste l'appareil à ton poids, ça me prendra quelques minutes.

— Pas besoin, ça va très bien comme ça, je recule à merveille, ce n'est pas forçant du tout. Bon, ça y est? C'est quoi, ce programme? Tu me fais monter l'Everest? Pas de problème. Maintenant, tire-toi, reviens dans 30 minutes.

— Tu vas être morte, je t'en mets 20.

— Non, ce n'est pas assez. N'oublie pas que je fais du vélo, je ne suis pas une débutante.

— Ouais, sur un kilomètre à la fois, en arrêtant aux feux de circulation. Je n'ai pas envie que tu fasses une crise du cœur, tu n'as pas encore fait ton testament, à ce que je sache.

— Pas de danger, on meurt du cancer, dans ma famille. Va-t-en, tu troubles ma concentration, allez, ouste! Et arrête de lorgner mes culottes!

— Je regardais ta cellulite.

— Dégage, Arnold.

C'était simple comme bonjour, et absolument grisant, ce petit exercice. Trop facile, même. Je pouvais monter plus haut, plus vite. J'ai augmenté la tension et amplifié l'angle des étriers. Le chat s'est pointé. Il s'est assis sur son arrière-train et a commencé à me zieuter avec des yeux de tueur. Il venait à la toilette et je l'intimidais. Tant mieux. Je ne voulais pas mourir asphyxiée en plein labeur. Mais sa gêne n'a pas duré une minute. Il s'est engouffré dans sa boîte à cadeaux et m'en a fait tout un. J'ai ralenti la cadence et ouvert la petite fenêtre à ma droite. Le voisin du premier tondait l'herbe sous mon nez et une odeur de carburant est parvenue à mes narines. Tout contribuait à affaiblir ma résolution, mais j'allais tenir bon. Je me suis mentalement bouché le nez et j'ai continué à un train d'enfer. Mes pieds bougeaient sur les étriers et dans mes vieilles espadrilles mal lacées, je devais replacer mes talons au bon angle à tout moment, ce n'était pas commode. J'ai appelé Patrice.

— Pat, c'est normal que mes pieds ne restent pas en place ?

— Si tu m'avais laissé le temps d'ajuster l'appareil à ton niveau, cela ne se produirait probablement pas. Il m'aurait fallu repositionner les étriers, mais madame était trop pressée. Arrête-toi pour un moment, je vais arranger ça.

— Laisse faire, je suis trop bien partie, ça va tout seul. Je suis en forme, plus que tu ne le penses, mon cher.

— On verra, lorsque tu seras arrivée au stade de récupération. Quand tu auras terminé, mets tes mains sur les poignées pour prendre ton rythme cardiaque. C'est là qu'on va rire.

— Tu vas voir, personne ne va rire. Tu ne pourrais pas enlever le pipi et les crottes fraîches de la litière ? Ça pue, ce n'est pas sain de respirer de l'air vicié pendant que je respire à fond, franchement.

— Oui, divine majesté. Je vois que tu as au moins pensé à ouvrir la fenêtre.

— Ton proprio passait la tondeuse, j'ai reçu un réservoir d'essence en plein nez.

— Tu n'es pas chanceuse, ha ! ha !

— Très drôle. Allez, décrotte ! Et tant qu'à y être, tu me mettrais un peu de musique ? Quelque chose d'entraînant, pas ton horrible *electro-noise* japonais, s'il te plaît.

— Je te mets James Brown, alors.

— Eurk !

— Du vieux Stones ?

— Eurk !

— Velvet Underground !

— Pas le goût.

— Tu es trop difficile, tu t'en passeras.

— Tu n'as pas du ABBA ?

— Si j'en avais, je ne te le dirais pas, on ne le dit pas quand on a des disques d'ABBA dans sa discothèque.

— Ça veut dire que tu en as peut-être ?

— Continue de pédaler et tais-toi, tu t'épuises pour rien et tu m'épuises aussi, fatigante.

— Fatigant.

Il a nettoyé la litière et l'a même saupoudrée de bicarbonate de soude frais, sans aucun doute pour m'impressionner, puisqu'il ne se donne habituellement jamais cette peine. Je l'ai entendu tripoter ses disques compacts, et les premières notes de *Dancing Queen* ont retenti. Je le savais ! J'ai terminé mes 30 minutes sur *Fernando* et récupéré sur *Waterloo*, ce qui n'était pas très approprié quant au rythme. Je sentais mon pouls palpiter contre mes tempes, ma veine frontale devait être affreuse à voir. Je l'ai cachée sous une mèche lorsqu'il est venu voir si je n'étais pas décédée, déchiquetée sous les étriers, exsangue ou écarlate, prête à éclater comme un ballon trop soufflé. Il m'a regardée avec un air suspicieux en mâchant une banane et nous avons attendu patiemment que l'écran affiche mon niveau de récupération.

— Eh bien, ma vieille, ce n'est pas si mal pour une première.

— Ah ! oui ? F4, c'est bon ça ?

— C'est bon, je suis surpris, tu es contente ? Tu devrais prendre une douche, tu sens la litière.

— D'accord. Tu n'en as pas besoin d'une aussi ?

On est allés se peloter sous un jet d'eau fraîche. Je me sentais raffermie, les cuisses bien dures, même si je savais bien que c'était une illusion ; j'en aurais pour quelques montagnes avant de consolider quoi que ce soit. Je comptais bien m'y remettre dès le lendemain, à raison de trois fois par semaine, en coupant la bière, les chips, le chocolat et en diminuant ma consommation de tout ce qui commence par p : pâtes, pain, pénis, patates, bref, me torturer au max. Il faudrait donc que je sois plus souvent chez Patrice que lui chez moi, même si son nom commençait aussi par p.

Pour clore ma petite séance d'exercice en beauté, nous sommes allés nous promener au Jardin botanique. Caché derrière un bosquet de rhododendrons, Patrice a allumé un joint, « pour embellir davantage les fleurs », comme si elles n'étaient pas déjà suffisamment ravissantes. Il voulait que je fume avec lui, mais je deviens tel un gouffre sans fond tout de suite après la première inhalation, j'avale tout ce qui me tombe sous la main, salé-sucré-salé-sucré et ainsi de suite. Comme il n'avait emporté qu'une banane, ce n'était pas très intéressant. De plus, je peux devenir carrément paranoïaque et moi qui suis d'ordinaire si en maîtrise de mes émotions (et non *control freak*, comme l'insinue Pat en espérant me faire sortir de mes gonds), je suis capable d'imaginer que les murs complotent de me faire la peau ou pire, que Patrice ne m'aime plus tout à coup, pour rien, à cause de mon nez, d'un bouton, de mes ongles d'orteils vernis, d'une remarque faite trois jours plus tôt... De toute manière, il était hors de question de gâcher cette journée santé par une orgie alimentaire. J'étais fière de moi et je désirais le demeurer.

Après tout ça, j'ai dormi dur comme fer, ayant eu l'excellente idée d'expédier Patrice sur le sofa du salon : ses ronflements grotesques me labouraient les tympans et m'empêchaient de sombrer dans le sommeil. Il faudrait que je lui propose une éventuelle intervention chirurgicale pour régler ça. Ces bruits immondes n'invitent pas à l'amour. Sa glotte devait être emprisonnée par une pelure de banane et ainsi lui causer des problèmes respiratoires ; c'était une hypothèse à considérer.

Pat s'est levé aux aurores pour aller travailler. J'étais en congé comme tous les lundis. Le chat fourrageait avec son nez mouillé dans mon oreille, comme s'il espérait y trouver un bout de fromage ou un mulot. Je l'ai chassé en m'étirant et je me suis assise sur le bord du lit. En posant le premier pied au sol, j'ai senti que quelque chose clochait. Le deuxième pied me l'a confirmé. Ouch ! J'avais dû me froisser les tendons ou un petit truc utile de ce genre pendant mon escalade de l'Everest. J'ai claudiqué jusqu'à la salle de bain, talonnée par le chat qui tentait de me faire un croche-pied avec ses quatre pattes. En faisant pipi, j'ai empoigné le tube de Tiger Balm Extreme Fire et je m'en suis badigeonné les chevilles. Comme si souffrir de la partie inférieure de mon corps ne suffisait pas, j'ai négligé de bien rincer mes mains avant de me nettoyer le coin des yeux. Guidée par les miaulements du chat affamé dont la mission ultime semblait de me faire trébucher, j'ai marché vers la cuisine en aveugle, une compresse d'eau froide sur mes paupières pour calmer les brûlements. Je paniquais, je m'imaginais déjà aveugle et boiteuse, en train de mendier avec une tasse de carton au coin d'une caisse populaire, mais l'animal m'a changé les idées et m'a ramenée à la réalité en se servant de mon tibia pour faire ses griffes. J'ai mangé ma rôtie à la banane pilée avec une face de carême, assise carrée sur mes fesses, les jambes allongées sur la chaise d'en face pour les protéger du monstre et parce qu'ainsi, je pouvais les oublier un moment. J'ai cassé la soucoupe en deux en la déposant dans l'évier et je me suis habillée pour sortir et rentrer chez moi, enragée, en oubliant de nourrir le chat.

Deux jours se sont écoulés à me tripoter et me masser les chevilles avec tout ce que ma pharmacie recelait de pommades. J'ai tout essayé : Baumes du Tigre du Bengale, d'Asie et du Parc Safari, crèmes anesthésiantes à l'odeur de dégueuli, huile de castor, torsions et flexions de la cheville, couverture électrique, réflexologie, méditation podiatrique, rien n'y faisait. Je dérangeais Patrice toutes les trois heures pour l'accuser d'avoir voulu m'estropier avec son appareil mal ajusté. Quand il a fini par devenir aussi exaspéré que moi et par me suggérer «forte-ment» d'aller me plaindre dans une oreille médi-cale (avant de me raccrocher la ligne au nez), j'ai pris un taxi pour me rendre à une des rares clini-ques que j'ai pu trouver où, oh! miracle, on accep-tait des patients sans dossier médical.

Il y avait un monde fou dans la salle d'attente, des cas critiques, à en juger par les airs mauvais que j'ai reçus en m'assoyant, comme s'ils me soup-çonnaient d'avoir flirté avec la réceptionniste pour passer avant eux. On aurait dit une assemblée de psychotiques en phase terminale. Après deux heures à me tortiller sur mon siège, j'avais perdu le peu qui restait de mon port de reine et j'arborais le même faciès. Je n'en pouvais plus, mentalement et physiquement. Je maudissais tous les exerciseurs elliptiques de la planète, en souhaitant qu'ils explo-sent tous en même temps par la seule force de mon maudissement. Quand la voix monocorde de la réceptionniste a enfin égrené mon nom par l'inter-phone, j'en étais arrivée à un point de non-retour. Je me suis écroulée sans grâce sur le siège que me présentait un médecin affalé sur le sien. Le mélange de fatigue, d'écœurement et de désintérêt qui se lisait sur son visage m'a un peu inquiétée; il paraissait aussi dépressif que les 30 zombis qui attendaient de le rencontrer. Arborant la même expression que j'ai sur la photographie de mon passeport, je lui ai expliqué que je m'étais sans doute rompu les tendons sur l'exerciseur elliptique que mon ami avait omis d'ajuster à mon poids de 120 livres, alors que lui en faisait 168. Il s'est bidonné. Est-ce qu'un médecin a le droit de rire à l'écoute du drame de ses patients? Peut-être croyait-il que c'était moi qui pesais 168 livres? Avec une moue dédaigneuse, comme s'il craignait que mes pieds n'aient pas été lavés depuis un mois, il a palpé mes chevilles en montrant sûrement moins d'intérêt que lorsqu'il tâtait ses bâtons de golf. Puis, sur un ton satisfait, il a diagnostiqué une possible tendinite et m'a prescrit des anti-inflammatoires oraux.

Avant que je sorte de son bureau, il m'a remis un échantillon d'un nouveau médicament topique avec l'air de celui qui offre un cadeau inestimable. Je n'aime pas beaucoup servir de cobaye, mais comme c'était gratuit, j'ai pris la petite bouteille de liquide sans demander d'explications. J'avais un mauvais pressentiment, celui d'avoir été mal comprise ou de m'être mal exprimée. J'ai toujours cette impression quand je vais voir un médecin dans une clinique sans rendez-vous. J'en reviens avec une sorte de malaise, comme si le but de ces médecins était de vous empoisonner de manière à ne plus vous revoir.

J'étais furibonde, mais il me faudrait filer doux avec Pat si je voulais qu'il m'aide. Malgré le papier d'absence du travail de deux semaines que m'avait signé le médecin – à contrecœur –, il me faudrait ajouter des congés à mes frais. Je devrais vivre pauvrement, donc, idéalement m'installer chez Patrice, accaparer sa robe de chambre en soie du Japon si douce (élément essentiel de la convalescente) et son lit (étant donné ses ronflements d'ours bronchitique) et vider son réfrigérateur au lieu du mien (qui est toujours vide de toute manière). Je tissais mes plans lorsque le téléphone a sonné et m'a tirée de mes rêveries de maîtresse et d'esclave.

— Alors, comment va l'estropiée en phase terminale ?

— Le médecin m'a signé deux semaines de congé, m'a prescrit des anti-inflammatoires et je vais m'installer chez toi. Si ça ne te dérange pas, bien entendu.

— Hum... pourquoi, donc ? Mon appartement a l'air d'un centre de réhabilitation d'extra longue durée ? Tu me prends pour un préposé aux bénéficiaires ? Pas question que je change tes couches.

Je pouvais l'entendre mâchouiller sa sempiternelle banane. Patrice descendait réellement du singe.

— Tes sofas sont plus confortables que les miens, ta télévision est plus grosse et tu as le câble, tu as aussi une porte-fenêtre en plein soleil, devant laquelle je pourrai me prélasser tout l'après-midi en lisant, j'aurai la compagnie du chat, je n'aurai pas à vaquer aux taches ménagères, *et cetera, et cetera.*

— *Et cetera, et cetera* ?

— C'est ça.

— Tu n'y vas pas un peu fort ?

— Tu ne m'aimes plus ?

— Oui. À condition que tu cesses de me faire sentir coupable de ce qui t'arrive.

— Ton amour est conditionnel, maintenant ?

— Pour les deux semaines qui viennent.

— D'accord. Je mets quelques affaires dans un sac et j'arrive.

— En taxi ?

— Non, je vais prendre mon vélo, ça ne me fera pas trop mal si je pédale, les tendons sont moins sollicités avec ce mouvement.

— Comme tu veux, si tu tiens à ce point à aggraver ton cas, vas-y, pédale. Je pourrais aller te chercher en voiture, même si ça ne fait pas partie de mes fonctions de préposé aux handicapées lourdes.

— Non, prépare le souper en m'attendant, c'est mieux. Pas de poisson, s'il te plaît.

Il a soupiré et a raccroché en me traitant de petite opportuniste. Mais je savais qu'il était content à l'idée que j'emménage chez lui, il rêvait que je m'installe à demeure, j'en suis sûre, même s'il n'en disait rien.

J'ai passé les premiers jours de notre cohabitation à me plaindre de mon sort, juste assez pour qu'il comprenne bien ce que je vivais. Je m'imaginais engraissant à vue d'œil sur le tapis de sol devant la porte-fenêtre, jusqu'à ce que mon corps décuplé en déborde de chaque côté, faute d'exercice. Écrasée au soleil avec le chat qui se réjouissait d'avoir de la compagnie toute la journée, je tissais la trame de mes litanies en massant mes chevilles endolories. Il en résultait une courtepointe de plaintes colorées, que je brodais de manière à ce qu'elles témoignent de la réalité et à laquelle je mêlais un brin d'humour, dans le but de délasser Pat quand il rentrait du travail, éreinté. Seulement vêtue de son peignoir, dont je ne pouvais plus me passer, je contribuais en lui épluchant une banane, qu'il mâchait tout en préparant le repas tandis que je papotais sans relâche, incapable de m'arrêter, puisque je n'avais parlé à personne de la journée. Parfois, il me conseillait de me taire un peu et d'aller m'habiller de vrais vêtements ou il s'enfouissait le nez dans son journal en surveillant ses casseroles, habitude que je trouvais impolie à souhait même s'il me lisait les grands titres. Je lui accordais cinq minutes de lecture avant de reprendre le fil de mes propos.

Il me reprochait de le critiquer pour tout et pour rien. C'est vrai, quoi ; il oubliait parfois d'éteindre les ronds de la cuisinière, les verres étaient mal lavés, il sapait en mangeant et accrochait sa fourchette avec ses dents en la retirant de sa bouche, ses planchers étaient douteux, des toiles d'araignées pendaient au plafond de sa salle de bain, sans compter que je ramassais ses gants de toilette humides qu'il laissait traîner en boulettes sur le coin du lavabo. Dégoûtant. Immobilisée, on remarque certains détails.

J'ai découvert des tas d'aspects de sa personnalité que j'ignorais, pas nécessairement toutes à son avantage, et quand je lui en faisais le recensement en espérant qu'il apprécie mon acuité, il riait de moi et me renvoyait la balle en m'accablant de supposés défauts. Malgré tout, il démontrait une patience sans limites, répondant à mes petits caprices de grande malade sans rechigner. Parfois, gentleman, il me prenait dans ses bras — en feignant m'échapper — pour me déplacer de la cuisine au salon. Je me laissais avaler par son énorme sofa et je m'acharnais sur la télécommande en changeant de chaîne de télévision sans m'arrêter sur aucune.

— Tu deviens blasée. On dirait que plus rien ne t'intéresse. À part m'observer.

— Tu vois, toi, tu m'intéresses.

Je me collais contre lui en posant mes pieds sur ses cuisses pour me les faire masser avec de l'huile d'émeu, ma dernière trouvaille. Ensuite, il prenait 40 minutes pour s'entraîner sur son fichu appareil. Le bruit monotone et régulier de l'exerciseur parvenant à mes oreilles m'irritait au plus haut point. Il venait ensuite puer et faire ses étirements sous mon nez, sans se préoccuper de mes sentiments. J'étais invalide, tout de même, sans compter que je prenais du poids.

— Tu ne peux pas aller t'étirer ailleurs, sur le balcon, par exemple? Ce n'est pas très gentil, toi tu as la chance de pouvoir bouger alors que moi je suis immobilisée.

— Chose certaine, ta bouche ne l'est pas. Je devrais m'arrêter de vivre parce que madame a eu un petit problème avec ledit appareil? Si tu m'avais laissé l'ajuster avant de te jeter dessus comme une folle, ça ne serait pas arrivé et on aurait une vie normale. On pourrait aller marcher, s'ébrouer un peu et tu porterais des vêtements convenables au lieu de rester habillée en tout et pour tout de «ma» robe de chambre. Qu'est-ce que tu lui trouves tant, à ce peignoir?

— Je suis bien dedans, il me sécurise, je ne sais pas, on dirait que tu es collé sur moi toute la journée, j'aime ça. Tu es fâché, tu veux que je m'en aille?

— Je n'ai pas dit ça. Excuse-moi, je vais aller m'étirer dans le placard, là où je ne te dérangerai pas.

Puis, comme je boudais, il finissait par s'excuser de s'être emporté et venait manger sa banane à l'autre bout du sofa en écoutant un épisode de *Six pieds sous terre* en version anglaise, alors qu'il sait que je ne parle pas un mot d'anglais.

L'anti-inflammatoire topique ne produisait aucun effet sensible, tandis que l'autre me causait des brûlements d'estomac. Mon humeur et mon état ne s'amélioraient pas et mon congé tirait à sa fin. Je ne pouvais pas envisager un retour immédiat au travail et c'est ce que j'ai déclaré au médecin lors de ma seconde consultation. Il affichait toujours la même tête de dépressif fini.

— Vos médicaments ne me font aucun effet, j'ai toujours la cheville droite en charpie, sans compter mon estomac qui capote.

— Vue d'ici, elle m'a l'air très bien, cette cheville. Pas enflée, rien.

— Vue d'ici peut-être, mais vue de là où je suis, elle fait mal, à chaque pas et même lorsque je suis immobile.

— Je vais vous prescrire un anti-inflammatoire de la nouvelle génération et de la physiothérapie.

— Je ne peux pas retourner au travail dans cet état !

— Il n'y a rien qui me le fasse croire.

— Je vous le dis, moi, ce n'est pas suffisant ?

Apparemment non. Nous étions condamnés, moi et mes pauvres pieds, à reprendre notre routine. Pat s'est réjoui de la nouvelle, même si je la lui ai annoncée en larmoyant. Il mangeait tranquillement sa maudite banane en me regardant, impassible. Il n'a rien ajouté pour soutenir mes vues alors que je contestais la décision du médecin.

— Tu es fatigué de me voir chez toi, tu as l'impression de m'entretenir ?

— Non-non.

— Oui. Je le sens. Je t'ai regardé aller depuis quelques jours, tu n'as pas l'air content. Tu m'as même repoussée la nuit derrière, alors que je te signifiais que tu ronflais.

— Désolé, mais je travaille, moi, il faut que je dorme dans un bon lit, une fois de temps en temps. Je pense que ce n'est pas bon pour toi de ne rien faire. Tu ne lis pas, tu n'écoutes pas de musique, tu attends que je rentre du travail, assise comme une reine déchue sur le tapis de sol, c'est un peu lourd. Je pense que tu déprimes.

— Je te déprime, tu veux dire.

— Ne me fais pas dire ce que je n'ai pas dit.

— Mais tu le penses.

Après m'être un peu disputée avec lui, j'ai dit adieu au chat en l'embrassant au lieu d'embrasser Patrice et je suis partie en pleurnichant sur mon petit vélo grinçant. J'étais tellement perdue dans mes pensées, à morigéner mentalement le médecin, Pat et mon mauvais karma, que je n'ai pas repéré à temps le taxi qui me coupait pour tourner le coin de la rue alors que j'avais la priorité. J'ai tenté de l'esquiver, mais le sable qui couvrait la chaussée m'a fait déraper et je suis à moitié disparue sous la voiture. Les passants qui ont assisté à la scène ont cru que j'étais morte alors qu'en fait, c'est mon vélo qui a écopé. Les roues tordues, le cadre broyé, il faisait pitié à voir. Je m'en suis bien sortie, avec une cheville droite plus très droite et quelques éraflures. Ça faisait un mal de chien, je me sentais au bord de l'évanouissement dans l'ambulance, mais comme l'infirmier ressemblait à Fred Sicard, je me suis forcée à rester consciente et j'ai fini par me détendre en me concentrant sur ses longs favoris noirs et si bien taillés.

J'ai posté une lettre de remerciement mentale au chauffeur du taxi quand le médecin de l'urgence a dit qu'il fallait immobiliser ma cheville et qu'il m'a signé un congé d'une durée indéterminée. J'ai contenu mon enthousiasme devant lui, mais dans mon for intérieur, je jubilais ferme. Une fois chez moi, ce sentiment a été remplacé par une sensation de claustrophobie et de lourdeur, que les médicaments contre la douleur accentuaient. Mon appartement sentait le renfermé, la solitude, le manque de porte-fenêtre, de chat, de présence, de bananes. Je me sentais six pieds sous terre bien comme il faut, version espagnole pas de sous-titres. En caressant ma patte blanche et rêche, j'ai composé le numéro de téléphone de Pat. Le répondeur s'est enclenché.

— Chouchou? Imagine-toi donc que je me suis presque fait écraser par un taxi en rentrant chez moi. Ce n'est pas surprenant, les taxis cherchent toujours quelqu'un à écraser. J'ai plus ou moins cassé ma cheville, je suis en béquilles et mon vélo est fichu. Ce doit être parce que tu ne m'as pas donné de bisou lorsque je suis partie. Je ne pourrai pas retourner au travail avant un bon moment, comme quoi la vie fait bien les choses. Hou-hou!

Es-tu là? Tu fais semblant de ne pas être là? Tu es encore sur ton exerciseur?

— Allo? Je suis là. Je t'ai entendue. C'est impossible! Tu as fait exprès de te jeter sous une voiture? Je n'ai jamais vu quelqu'un se réjouir à ce point de s'être fêlé un membre. Tu sais combien de temps ça va te demander pour récupérer? Tu n'as pas fini, ma vieille.

— Peu importe, j'ai de la chance, puisque c'est ma cheville douloureuse qui est touchée. Je ne sens plus rien!

— Moi non plus.

— Quoi? Je t'entends mal, parle plus fort! Ton téléphone est pourri, il te faudra le changer. Qu'est-ce que tu dis?

— Rien. Qu'est-ce que tu comptes faire, maintenant?

— Je ne sais pas. Je vais déprimer si je reste seule chez moi. Je vais héler un taxi en chemin et je suis là dans 15 minutes. Allô? Tu es là?

— Oui, bon, tu peux venir. Fais attention que ce taxi-là ne soit pas plus précis que l'autre et qu'il ne t'écrase pas au complet.

Il était donc fin, Patrice. Et drôle avec ça, quoique pour la subtilité, il faudrait repasser: il avait placé bien en évidence une peau de banane sur une des marches de l'escalier en colimaçon et une autre devant la porte d'entrée. Grand singe! Si j'avais été *stone*, allô la crise de paranoïa! Je les ai ramassées et pour lui rendre la blague, je m'en suis coiffée en faisant pendre les pelures tout le tour de ma tête. Du bout de mon plâtre, une grimace de guenon effarée sur ma figure pour accentuer l'effet comique, j'ai frappé à la porte, couronnée comme une reine.

La massothérapeute

Depuis des semaines qui s'étirent en mois, Hedwige est fatiguée, morte. Elle a le sentiment qu'un voile opaque la sépare de sa vie. Elle se traîne, de la maison au bureau, du bureau à l'épicerie, où elle achète des repas surgelés. Des légumes en conserve, des bâtonnets de poisson, un pâté au poulet géant, des trucs faciles qui ne demandent aucune préparation. Des croustilles, du chocolat, des mousses au lait parfumées. Elle loue des films au club vidéo, toujours deux à cause du spécial « deux pour un » auquel elle ne peut pas résister : un drame psychologique sans trop de psychologie, qu'elle fait suivre d'une comédie romantique bidon, pour faire de beaux rêves. Mais elle dort peu et mal, et quand elle réussit enfin à entrer dans le sommeil, une heure avant que son réveille-matin ne l'en tire, elle fait des rêves si horribles qu'elle se réveille complètement épuisée. « Je ne tiendrai pas le coup, je vais mourir » est sa première pensée du matin. Et c'est l'impression qui la tenaille jusqu'à 4 h, alors qu'elle se traîne de l'épicerie à la maison.

Son amie Tartine (Martine pour les autres qu'Hedwige) s'inquiète de la voir perdurer dans un état pareil et lui conseille de voir un thérapeute, un acupuncteur, un hypnothérapeute, un homéopathe. Une massothérapeute. Hedwige opte pour la dernière référence, car le nom lui plaît : Estelle Bessette. C'est ce qu'il lui faut, une guérisseuse qui porte un nom composé de *e* et de *s*, un nom qui glisse le long de son conduit auditif comme des mains huilées et tendres sur toute la surface de son corps affligé. Hedwige sent le besoin d'être touchée d'une manière désintéressée. Tous les anciens amants qui lui avaient proposé un massage avaient fini par glisser leur queue entre ses cuisses détendues et sans défense. Impossible de se relaxer entre les mains d'un homme ; c'est à cette conclusion qu'en est venue Hedwige et c'est pourquoi elle est célibataire depuis le début de ses insomnies. Elle préfère ne pas chercher de lien de cause à effet.

La voix d'Estelle Bessette au bout du fil n'a rien des consonances de son nom ; au contraire, elle sonne un peu comme celle de la corneille qui a élu domicile dans l'arbre qui ombrage la fenêtre arrière de l'appartement d'Hedwige et qui la réveillerait aux aurores si elle ne l'était pas déjà. Elle se racle la gorge avec force, fixe l'heure du rendez-vous puis s'excuse : elle a un petit chat. Hedwige lui répond qu'elle est allergique et Estelle s'esclaffe : le chat est dans sa gorge, ha ! ha ! « Ha ! ha ! » fait Hedwige à son tour, pas trop convaincue.

L'appartement d'Estelle est situé dans un beau quartier où les arbres semblent n'abriter que des oiseaux qui roucoulent tendrement et à des heures raisonnables. Aucun détritus ne jonche le bord des trottoirs, les voitures sont sagement stationnées à distance égale les unes des autres et les balcons sont tous ornés de boîtes de fleurs gaies et en parfaite santé. Alors que seul un dahlia sur deux parvient à voir le jour dans la jardinière d'Hedwige, ceux du quartier d'Estelle jubilent, les pétales alertes, tendus vers les passants comme s'ils voulaient les caresser au passage. De jolies mamans vêtues en mamans modèles poussent de modernes landaus roses et bleu ciel, leurs enfants gazouillent d'harmonieuses comptines inventées, le soleil illumine un paysage sorti tout droit d'un livre de Lucy Maud Montgomery. Hedwige n'était jamais venue dans ce quartier de la ville, elle croit rêver et marche presque sur la pointe des pieds de peur de salir les trottoirs.

Estelle a la tête de Meg Ryan. Ses bouclettes dorées s'agitent autour de l'ovale arrondi de son visage, mais ses yeux bleus sont immobiles, même si sa bouche sourit. En effet, tandis qu'Hedwige répond à un questionnaire ayant pour but de la mettre à nu, elle remarque une discordance entre les yeux et l'expression générale du visage d'Estelle, comme

s'ils étaient indépendants du reste. Ce détail tra-
casse Hedwige, tandis qu'elle dévoile en rougissant
le bilan alimentaire de la semaine qui vient de
s'achever.

— Cela n'est pas très sain de manger des sucre-
ries en fin de soirée si vous avez des problèmes de
sommeil, Hedwige. Et les boissons gazeuses, il faut
proscrire les boissons gazeuses de votre régime,
voyons !

— Je sais, mais je ne peux pas m'en empêcher.
Pour l'instant. Cela me console.

— Et vous semblez faire un usage démesuré de la
télévision, cela crée une surstimulation dans votre
système nerveux, surtout avant de vous coucher. Il
vous faut un rituel plus sain.

— Je sais. Mais cela me change les idées.

— De plus, votre alimentation est trop riche en
gras trans et hydrogénés.

— Les chips Lay's sont maintenant faites à base
d'huile de tournesol.

Estelle soupire en frottant ses yeux.

— Je crains bien que vos chakras ne soient complètement sens dessus dessous, Hedwige. Votre alimentation et vos activités, ou devrais-je dire votre
manque d'activité, ne vous aident pas. À quelle
heure vous couchez-vous ?

— Cela dépend de mon état d'esprit, de mes,
euh, activités, s'il y a un programme ou un bon film

à la télé ou si j'en loue un ou deux. C'est un fait, je regarde beaucoup de films, en ce moment. Je n'ai pas beaucoup d'énergie pour autre chose.

— Il faut comprendre que vous comblez votre solitude en la fuyant. Tous ces films dont vous avouez faire une consommation excessive... Le cinéma est aussi une fuite de la réalité, vous devez regarder votre vie en face. Vous ne pouvez pas rencontrer votre véritable et authentique «moi» à travers les vies inventées des vedettes du cinéma. Moi-même, j'évite la télévision, cet appareil est absolument diabolique sur le plan vibratoire. Il abrutit, gruge l'énergie, c'est prouvé.

— Je lis, également.

— Quel genre de lecture?

— Des livres de psychologie, entre autres, de croissance personnelle.

— Se gaver de psychologie quand vous n'allez pas bien ne me paraît pas une bonne idée. Vous devez vider plutôt votre esprit, de manière à pouvoir trouver le sommeil. Lire de la psychologie quand on est en détresse apporte davantage de confusion que de clarté.

— Je lis aussi les circulaires de spéciaux.

— Très drôle, Hedwige, mais ne nous égarons pas. Nous allons faire aujourd'hui un massage désintoxifiant axé sur la détente profonde. Je vais également travailler sur vos chakras, surtout celui du cœur qui, vu d'ici, a une teinte inquiétante. Vous verrez, vous sortirez d'ici sur vos deux pieds alors que vous êtes arrivée en marchant sur la tête!

Hedwige trouve qu'Estelle exagère un peu, mais elle ne répond pas. Elle se sent encore plus abattue que lorsqu'elle est partie de chez elle. Il semble que rien de ce qu'elle fait n'est correct. Il faudra qu'elle vide son garde-manger, sa bibliothèque, son étagère de films vidéos et devienne un moine si elle veut réapprendre à dormir, à vivre sa vie et à avoir des chakras de couleurs acceptables. Estelle disparaît pendant un moment, et Hedwige en profite pour examiner l'environnement. Tout paraît parfait, à la bonne place, d'une propreté impeccable. Des dizaines de tiges de bambou torsadées s'étirent sur le rebord d'une cheminée antique, les sofas tout confort sont disposés de manière à faire les coins ronds, mode feng shui, le bois franc du plancher ne pourrait être plus verni. Hedwige pense qu'elle dormirait bien dans un tel endroit, où pas même une poussière ne flotte dans l'atmosphère. Son observation est distraite par un «Pschtt!» comme si quelqu'un ouvrait une canette de boisson gazeuse. Ce bruit incongru achève de lui donner soif, alors elle avale sa salive, pour se donner l'illusion de boire quelque chose. Un moment passe et Hedwige commence à se tortiller sur son fauteuil, qui s'avère finalement un peu trop mou pour être ergonomique, à long terme.

— Hedwige ? Excusez-moi de vous avoir fait patienter, je devais rappeler un client, une urgence. Vous pouvez passer à la salle de bain avant que l'on commence le massage, si vous avez besoin.

— Oui, d'accord.

Même quand elle n'a pas envie d'uriner, Hedwige va toujours aux toilettes avant les représentations au cinéma et bizarrement, il y a toujours un petit quelque chose à éjecter de sa vessie. Elle se figure qu'il vaut mieux procéder de la même façon, si elle veut se détendre une fois sur la table de massage. Le couloir qui mène à la salle de bain débouche sur une pièce protégée par un rideau, pièce qui semble la partie de l'appartement où Estelle vit et qu'elle tient à garder privée. Hedwige ne peut pas supporter les portes closes, encore moins s'il s'agit d'un simple rideau facile à ouvrir, mais bien entendu, elle entre dans la salle de bain sans plus y penser. En urinant, elle se demande comment sont ces autres pièces, sans aucun doute aussi bien rangées, signe du parfait équilibre de sa propriétaire au sourire étincelant mais aux yeux mats. Elle se lave les mains tout en scrutant les étagères à la découverte des produits qu'utilise la massothérapeute pour son usage personnel. Que des articles qui démontrent un goût solide et raffiné, des choses naturelles et sans additifs, pour ses cheveux, sa peau, ses aisselles, ses cuticules. Elle possède une brosse à dents électrique, et la pâte dentifrice homéopathique est au citron, note Hedwige, comme c'est original et quelle bonne haleine doit procurer le citron! Trop curieuse, elle ouvre le bouchon du tube et du bout de l'index, récolte un peu de dentifrice qu'elle porte à ses lèvres. C'est dégueulasse. Elle referme le bouchon avec précaution et comme elle s'apprête à sortir de la salle de bain, elle aperçoit des revues dans un petit bac en osier caché dans un coin. Alors qu'elle s'attend à trouver le *Guide ressources* et autres lectures de cet acabit, elle découvre *Le Lundi, Écho Vedettes, Paris Match*. Cette massothérapeute est bien peu orthodoxe. Mais, se dit Hedwige, elle doit seulement être au fait des lectures propices à la détente intestinale.

— Dévêtez-vous et couchez-vous sur le ventre. Couvrez-vous de cette serviette, je reviens dans une minute.

La salle de massage sent l'encens. Hedwige est un peu allergique à l'encens, surtout à cette sorte, ces bâtons chimiques achetés en pharmacie qui sentent le vaporisateur à salle de bain, mais elle ne tique pas. Estelle doit savoir ce qui convient. Une fois allongée sur la table, le visage désagréablement enfoui dans le trou du coussin en forme de beigne, elle fixe son attention sur le plancher dessous, seul panorama possible. Son oreille capte des sons, elle est certaine d'avoir entendu Estelle roter bruyamment. Peu importe. Elle se demande si son visage aura gardé la forme du beigne quand elle rentrera chez elle, du moins une auréole rosée. Estelle entre enfin dans la pièce et Hedwige l'entend appuyer sur le bouton du petit appareil à cassettes. Un son de vagues enregistré sur une seule note, semble-t-il, enveloppe la pièce et Hedwige ne peut pas s'empêcher d'évoquer un solide surfeur musclé et bronzé affronter en bâillant cette vague monotone.

Estelle se penche vers elle, enrobée d'une odeur qu'Hedwige ne parvient pas à distinguer, un arôme sucré qui ressemble à celui de l'Orange Crush ou du Cream Soda. Elle lui demande si tout va bien, et malgré que la tête d'Hedwige ait à moitié disparu dans le trou du beigne de ratine, elle sent l'haleine d'Estelle : il s'agit assurément de Cream Soda. Hedwige se rappelle les flotteurs que sa mère lui préparait quand elle rentrait de l'école, une grosse boule de crème glacée à la vanille dans un grand verre de Cream Soda. Tandis qu'Estelle enduit le corps d'Hedwige d'une huile aromatique, elle se laisse partir dans les vapeurs de ses souvenirs les plus sucrés, jusqu'à sombrer dans celles de l'oubli. Miracle, elle s'est assoupie.

Elle est réveillée par la voix cassante d'Estelle qui lui demande de rouler sur le dos. Hedwige n'en a aucune envie, mais elle s'exécute. Elle a l'impression d'avoir conservé le beigne sur sa figure, tant elle y était lourdement appuyée pendant son sommeil. Elle se sent le visage rouge et gonflé, et a du mal à se repositionner sur la table, mais grâce aux manœuvres d'Estelle, elle parvient à retrouver une bienfaisante sensation de torpeur. Au bout d'une demi-heure ou plus, Estelle annonce à Hedwige que le massage est terminé et lui suggère de prendre son temps pour se lever et s'habiller. Précision inutile, Hedwige est incapable de bouger. Mais une forte envie d'uriner la force à activer ses membres engourdis pour se vêtir. Un coup d'œil vers le rideau entrouvert lui montre que la pièce qu'il cache est une sorte de boudoir, mais il est impossible à Hedwige d'en discerner les détails. Elle quitte l'oasis d'Estelle en fixant un nouveau rendez-vous pour la semaine suivante.

Le lendemain au bureau, Tartine se précipite vers Hedwige qui dort debout dans la salle à café.

— Et puis et puis et puis ? Mon Dieu, tu as l'air... mieux. À part ces petites rougeurs tout le tour du visage. Tu ne prends pas de café ?

— Non, Estelle dit que ce n'est pas bon pour moi, je bois donc du café de céréales, maintenant.

— C'est dégoûtant, je me demande comment on peut boire ce truc. Un petit café le matin, je ne vois pas en quoi ça peut déranger ton sommeil du soir.

— Il paraît que oui, en tous cas, je ne prends pas de risque. Je ne veux pas saboter mon traitement, au prix qu'il coûte. Pour l'instant, je ne dors pas mieux, je me couche en récitant les derniers commandements d'Estelle, pour être certaine d'avoir bien compris. J'y retourne la semaine prochaine, Estelle dit qu'il vaut mieux rapprocher les traitements pour que mon corps les assimile. Et puis il faut que j'achète du lait de soya, du tofu, des fèves de Lima, des aliments riches en oligo-3, tu sais, ces choses ennuyeuses.

— Tu veux dire Omega-3. Ouah! C'est affreux, comment vas-tu faire?

Elle dit ça en mordant dans une énorme brioche à la confiture de fraises. Son café sent diablement bon. Hedwige regarde sa tartine de pain de seigle avec une grimace et goûte son café de céréales. On dirait une tasse d'eau de vaisselle aromatisée d'un quart de cuillerée à thé de café instantané. Elle dépose sa tasse sur le comptoir en soupirant et arrache la brioche des mains de Tartine. Elle en prend une grosse bouchée qu'elle mâche lentement.

— Une dernière, pour faire mon deuil de tout ça. Elle est bonne, où l'as-tu prise?

La veille du traitement suivant, Hedwige loue *Sleepless in Seattle* (elle aime bien le titre) et *La cité des anges*. Meg Ryan a les lèvres et les yeux concordants, tous sourient en même temps qu'elle agite ses jolies boucles blondes. Hedwige s'endort avant la fin du deuxième film, ses yeux cernés de gris perdus dans les yeux bleus de Meg.

— Alors, Hedwige, comment a été votre sommeil cette semaine?

— Pas tellement mieux.

— Vous avez changé quelques mauvaises habitudes?

— Oui, enfin, j'essaie. J'ai coupé les boissons gazeuses, je bois du lait de soya au chocolat.

— Pas au chocolat, Hedwige, il contient du sucre! Prenez-le nature.

— Il goûte la craie liquide.

— Vous finirez par vous y habituer. Pas de croustilles, pas de gâteaux, pas trop de films romantiques avant de vous coucher? Cela pourrait influencer votre subconscient pour la nuit qui suit et provoquer des rêves non revendiqués par votre inconscient.

— Ah? Pas trop, non. Seulement deux, que j'avais déjà vus de toute façon. Et puis je ne dors pas assez pour rêver de quoi que ce soit.

— Bon, passez à la salle de bain, puis installez-vous sur la table à massage, je suis à vous dans quelques minutes.

Hedwige rampe jusqu'aux toilettes en zieutant le rideau qui défend mollement l'autre partie du logement d'Estelle. Qu'est-ce qu'elle donnerait pour savoir ce qui s'y cache! La vie privée de la massothérapeute, sa véritable nature, ses vices? Ou encore la même perfection que celle qui est affichée du côté des visiteurs? Cette fois-ci, le massage est plus vigoureux, Hedwige se sent malaxée, broyée, désossée. Avant de partir, Estelle lui prodigue d'autres conseils alimentaires draconiens et Hedwige commence à entrevoir sa vie comme une longue étendue désertique, un erg ponctué de mirages : oasis remplies de lait au chocolat, palmiers au tronc de réglisse, feuillages constitués de croustilles et de nachos au fromage.

L'existence d'Hedwige devient exemplaire et plate, mais son sommeil ne change guère. Elle est toujours aussi fatiguée. Elle fait maintenant des rêves tarabiscotés aux ternes couleurs de terre. Presque tous les scénarios s'interrompent alors qu'elle est sur le point de toucher un rideau, après avoir rampé dans un corridor qui s'étire à mesure qu'elle avance vers la draperie qui la sépare d'elle ne sait quoi. Elle se dit que son subconscient doit avoir le chakra tristounet et son inconscient des envies de suicide. Même si elle voit Estelle semaine après semaine, elle se sent à peine plus reposée, malgré qu'elle applique à la lettre ses recommandations. Elle ne peut pas s'empêcher de penser que quelque chose cloche chez cette femme, ou chez elle-même, et que le début de la réponse se trouve peut-être derrière ce rideau. Cette idée persistante et absurde la pourchasse. La bouche avenante d'Estelle, lorsqu'elle prodigue ses conseils, est sans cesse contredite par ses yeux fades, comme s'ils cherchaient à dire : « Ne croyez pas ce que cette bouche profère ! Voyez, nous ne participons pas à ces fadaises, nous nous éteignons dès qu'elle s'ouvre ! » Et pourtant, tout ce qu'elle dit recèle tant de bon sens, Hedwige se sent ignorante devant un tel puits de connaissances. Qui est-elle pour juger? Le visage d'Estelle souffre seulement d'un petit défaut de fabrication, voilà tout.

Ce jeudi-là, Estelle demande à Hedwige de s'installer comme d'habitude. Étendue sous une épaisse serviette blanche qui lui rappelle sa robe de chambre préférée (celle que lui a offerte son dernier amant en lice; elle ignore pourquoi, mais un sur deux lui a fait cadeau d'un peignoir), elle entend Estelle répondre au téléphone et s'écrier: «J'arrive, je serai là dans une minute!»

— Hedwige, j'ai un petit service à vous demander. Je dois passer immédiatement à ma banque, j'en ai pour 20 minutes, pas plus. Pouvez-vous rester étendue et vous reposer ou passer ce peignoir, vous asseoir et lire? Tenez, voici le dernier *Alchymed*, un numéro spécial sur les rêves. Je fais le plus vite possible.

— Ne courez pas, j'ai tout mon temps, je vais patienter et lire un peu. Je fais justement un rêve récurrent ces temps-ci.

— Intéressant. À tout à l'heure.

Hedwige suit Estelle du regard tandis qu'elle déboule l'escalier extérieur de son appartement. Elle enfile un peignoir asiatique soyeux et bondit hors de la pièce odoriférante. Le rideau est à moitié tiré, Hedwige se sent déjà moins coupable à l'idée qu'elle n'aura pas à l'ouvrir elle-même.

Ce qu'elle découvre la stupéfie: un immense téléviseur ultra-moderne occupe la moitié d'un pan de mur. Il trône sur un meuble chinois tel un énorme bouddha, entouré de ses disciples Vidéo et DVD. Sur le mur, des cassettes et DVD de films, classés par catégorie. Il y a de tout : comédies, films d'horreur, suspenses, musicaux, toute la panoplie des films commerciaux. Hedwige remarque la filmographie complète de Meg Ryan, qu'elle effleure du doigt, songeuse. Elle continue son exploration. Par terre, reposant contre le La-Z-Boy, un sac de croustilles au barbecue et une canette d'Orange Crush. Hedwige croit rêver. Elle scrute le fond du sac, s'attendant à y trouver des galettes de riz, des fèves de soya rôties, mais non : il s'agit bien de bonnes vieilles chips et même pas des Lay's à l'huile de tournesol, plutôt la vulgaire marque du magasin, à l'huile totalement hydrogénée. Elle pousse plus loin, jusque dans la cuisine, tiraillée par la curiosité. Elle ouvre la porte du frigo. Un demi-avocat déposé sur une soucoupe, du lait 3,5 %, de la crème 35 %, du fromage bleu, des œufs pas même Omega-3, un pot de marmelade, une boîte de boisson aux fruits Sans Nom. Le congélateur est un peu plus intéressant : crème glacée Häagen-Dazs aux brisures de pralines, sorbet aux trois fruits (rose-vert-orange), gâteau au fromage et bleuets, sac de café moulu. Nouveau tour côté frigo. Dans le compartiment réservé au beurre, Hedwige trouve trois barres de chocolat de luxe. Elle regarde l'étiquette du prix : 4,65 $. On ne donne pas dans l'économie ! Il s'agit au moins de bon chocolat, plein d'antioxydants. La porte du garde-manger s'ouvre sur des boîtes de lait de soya, une rangée de petits soldats rassurants et bien ordonnés. Hedwige bouge une boîte qui laisse entrevoir la manne : sacs de chips grand format et de pop-corn rose ou caramélisé, bouteilles d'eau gazeuse, caramels fondants, Froot Loops... Hedwige est estomaquée. Elle replace les boîtes de lait de soya, toutes au chocolat ou à la fraise, et retourne dans le boudoir pour examiner les films de plus près. Aucun film de répertoire, que des navets, de ces bluettes insipides qu'elle-même visionne pour se détendre en fin de soirée, pour ne pas se prendre la tête en réflexions qui l'empêcheraient de s'endormir, bien que cette précaution ne serve finalement à rien. Elle entend Estelle monter l'escalier bruyamment, et elle court jusqu'à la salle de massage, où elle s'étend dans le fauteuil, la revue *Alchymed* ouverte sur ses cuisses.

Estelle entre en coup de vent, le visage rouge, pantelante. De grands ronds de sueur forment des nuages foncés sous ses aisselles. Hedwige n'avait jamais remarqué qu'Estelle accusait un léger surplus de poids.

— Je n'ai pas été trop longue, Hedwige ?

— Non, ça va, j'ai eu le temps de lire cet article sur les rêves, je n'ai rien appris de bien nouveau, rien que je ne savais déjà.

— Il faudra alors que je vous prête un excellent livre sur le sujet.

— Je pense qu'il revient à chacun d'interpréter ses rêves.

— Sans aucun doute. Installez-vous, je reviens dans un instant.

Hedwige entend le bruit d'un décapsulage. Le visage enfoui dans le trou du beigne de ratine, elle se surprend à éclater de rire. Elle se sent tout à coup détendue, mentalement décongestionnée. Estelle revient et commence à frotter ses mains l'une contre l'autre pour les réchauffer.

— Qu'est-ce qui vous fait rire, Hedwige?

— Rien, rien du tout. Un petit spasme.

— Parfait, les traitements commencent à avoir un effet bénéfique, votre plexus solaire se relâche, *burp!* excusez-moi. C'est bien, cela a juste été un peu plus long pour vous, vous m'êtes arrivée avec tellement de stress accumulé qui bloquait vos canaux.

— Nous avons tous beaucoup de stress accumulé. Seulement, certains ne s'en rendent pas compte.

— Bien sûr, la conscience n'est pas une chose donnée à tous.

— Je suis bien d'accord.

Hedwige se laisse aller sans résister sous la caresse des mains sucrées-salées d'Estelle. Son visage est serein dans le creux du coussin, ses yeux et sa bouche sont parfaitement d'accord : après le massage, elle ira au club vidéo louer les deux volets de *Kill Bill* qu'elle écoutera en mangeant une pizza fromage et pepperoni. Elle rotera le pepperoni grâce à une boisson gazeuse, brune de préférence. Elle se souvient avec bonheur qu'elle n'a pas jeté les derniers chocolats de sa boîte de Laura Secord. Quand elle se retourne sur la table, elle ouvre les yeux et les plonge dans ceux d'Estelle ; ils lui rappellent deux jujubes séchés. Comme sa bouche moelleuse et subitement souriante menace de débiter une grande vérité, Hedwige l'interrompt et dit dans un soupir :

— J'ai enfin tiré le rideau et maintenant je vois plus clair.

— C'est une parabole, Hedwige ?

— Non, un ras-le-bol.

— Je crains de ne pas vous suivre.

— Ce n'est rien, continuez, je vais très bien.

— Je l'espère. Je suis en train de rééquilibrer votre chakra de la gorge, un chakra très important qui régit la liberté d'expression de votre moi profond. Détendez-vous.

— Je suis détendue.

Hedwige se voit en train d'empoigner le cou d'Estelle et de lui étrangler le chakra de la gorge. Elle éclate à nouveau de rire, elle rit maintenant à gorge déployée.

— C'est extraordinaire, Hedwige, laissez-vous aller, je rencontre rarement un abandon aussi total, vous réagissez sublimement, votre conscience s'élargit !

— Oui, oui, je sais, je sais !

Elle ne peut plus s'arrêter de rire, si bien qu'Estelle se met à rire avec elle en étouffant un petit rot. Elles ont l'air de parfaites complices.

TABLE

Achevé d'imprimer sur les presses
de Transcontinental Métrolitho
à Sherbrooke, Québec, Canada.
Premier trimestre 2012